www.tredition.de

AF 138209

Manfred Drayer

Die österreichische Kampfkartoffel

Eine groteske Fiktion

www.tredition.de

Verlag & Druck: tredition GmbH, Halenreie 40-44, 22359 Hamburg

ISBN
Paperback: 978-3-347-01405-3
Hardcover: 978-3-347-01406-0
e-Book: 978-3-347-01407-7

Der erste Tag

1.   09:00 Uhr

Kaiserwalzer für Marabu und Gorilla.

Als der österreichische Bundeskanzler Dr. h.c. Wolfgang Anton Frisch an diesem Morgen ins Kanzleramt chauffiert wurde, war er so gelöst und gut gelaunt, wie schon lange nicht mehr. Es hatte nichts mit den häuslichen Verhältnissen zu tun. Die waren so, wie sie nach dreißig Ehejahren eben sind. Nichts Dramatisches. Nichts Bewegendes. Nur noch gepflegte Langeweile. Was er und seine Frau Hannelore aber souverän überspielten mit komödiantisch anmutenden Manieren und betriebsamem Frohsinn. Sozusagen ein abgespecktes, spanisches Hofzeremoniell für den Hausgebrauch, das sie auch dann einhielten, wenn sie ganz unter sich waren.

Der Kanzler freute sich diebisch auf die heute bevorstehende „Große Pressekonferenz". Er gedachte, einen grandiosen Coup zu landen. Endlich würde er es seinen zahlreichen politischen Widersachern zeigen! Jenen, die an ihm zweifelten, oder noch schlimmer, ihn rundweg ablehnten. Ihre hinterlistige Falschheit aber aus Feigheit und Opportunismus hinter einer Extraportion Freundlichkeit verbargen. Welche er zähneknirschend erwidern musste, ob es ihm gefiel, oder nicht! Doch ab sofort wäre Schluss damit. Heute würde die parlamentarische Saubande ihr gerechtes Waterloo erleben. Er hatte mehr als nur eine Trumpfkarte im Ärmel. Ehe der Vormittag vorüber wäre, könnte er sagen: Sieg auf der ganzen Linie über das Heer der kleinkarierten Bedenkenträger, Speichellecker und Philister! Vorwärts also!

Des Kanzlers mitfahrender Adlatus, der Magister Conrad Sedlacek, eine Kreuzung zwischen alterssteifem Marabu und hektischem Polit-Impresario, konnte kaum seine Überraschung verbergen, als sein sonst so vorsichtiger Chef den uniformierten Fahrer der schweren Kanzlerlimousine zu mehr Tempo anstachelte:

„Jetzt geben Sie mal gescheit Gas Kurti, sonst überholt uns am Ende noch die Wiener Müllabfuhr!"

Worauf Kurti laut „Zu Befehl" rief, die geduckte Haltung eines Gorillas im Partisaneneinsatz annahm und den Mercedes dermaßen beschleunigte, dass der begleitende Polizeikonvoi Mühe hatte, den Anschluss nicht zu verlieren. Je mehr der Wagen nun schlingernd, rutschend und quietschend durch die enger werdenden Kurven der Innenstadt schoss, umso euphorischer wurde die Laune des Kanzlers. Er rieb sich vergnügt die Hände, kicherte dazu und begann zu guter Letzt, den Kaiserwalzer von Johann Strauß zu singen! Er hatte allerdings nicht das geringste Musikgehör. Die schauderhafte Atonalität seines Solovortrags wurde grotesk gesteigert durch ein schrilles, eunuchenhaftes Fortissimo. Allerdings, und das muss man ihm lassen, vorgetragen mit der schnaufenden Inbrunst eines Heldentenors. Das Tempo sowohl von Limousine als auch Kaiserwalzer näherte sich inzwischen einem gefährlichen „Prestissimo furioso", so dass man nur knapp dem Frontalzusammenstoß mit einer Straßenbahn entging.

Magister Sedlacek wurde schlecht. Das bekümmerte den Kanzler überhaupt nicht. Wenn er mal in Fahrt war, egal wobei, dann war er nicht mehr zu bremsen. Ein Charakterzug, der typisch ist für Männer, die weniger als einen Meter sechzig messen. Und: Als Österreicher liebte er Musik über alles. Da er mit den Erfordernissen von Kammerton und reiner Tonart auf Kriegsfuß stand, war es ihm zuhause strikt verboten, auch nur ansatzweise musikalisch tätig zu werden. „Du bist musikalisch die schlimmste Heimsuchung seit der Erfindung der Zwölftonmusik", kanzelte Hannelore ihn rundweg ab. Und die in Aussicht gestellten Strafen bei Zuwiderhandlung reichten aus, Wolfgangs musikalischen Darstellungstrieb in andere Bereiche zu verlegen. So sang er bei den Festspielen in Salzburg an den rabiatesten Stellen seiner Lieblingsoper „Elektra" lautstark mit. Was ihm einerseits stets einen Fußtritt der First Lady, andererseits begeistertes Kopfnicken von Geheimrat Gustav Ballauf, dem Präsidenten des österreichischen Sportbundes eintrug. Der Geheimrat machte sich nichts aus Kultur und schon gar nichts aus Opern. Seine Teilnahme am Salzburger Opernbetrieb war aber aus protokollarischen Gründen unumgänglich. Da er irrtümlich die Gesangseinlagen des Kanzlers für musikalischen Protest hielt, gefiel ihm dessen schauerliches Geheul sehr...

Trotz aller Raserei erreichte die Kanzler-Limousine unfallfrei das Regierungsviertel. Kurti ging vom Gas und mutierte zurück vom Gorilla zur Wiener Dampfnudel. Sanft glitt der Wagen auf die Wachposten zu. Die Sicherheitsleute salutierten, der Wagenschlag wurde aufgerissen und ein „Grüß Gott, Herr Kanzler" schmetterte durch die Luft. Heute musste sich Frisch nicht zu einem freundlichen und gut vernehmbaren Echo zwingen. Wegen seiner guten Laune entströmte ihm ein beinahe zu leutseliges „Grüß Gott, Männer!"

Als er auf den Gehsteig sprang, stand da auch schon Magister Sedlacek bereit. Dürr und kahlköpfig, dabei den Kanzler um mehr als zwei Haupteslängen überragend, machte er mehrere ungelenke und seltsame Bücklinge, die an die ersten Stummfilme erinnerten. – Ein Reporter des italienischen „Corriere de la Sera", der boshaft geäußert hatte, dieses Zeremoniell ähnle sehr dem Dressurakt eines hochgradig neurasthenischen Marabus vom „Zirkus Sarrassani", wurde kurzerhand ausgewiesen. Wie auch immer: Conrad Sedlacek vollführte seinen täglichen liturgischen Kotau– bei dem seine lange Nase um ein Haar den Boden berührte – mit großer Hingabe und Überzeugung. Er war der Meinung, dass dem Kanzler diese gymnastische Ehrerbietung einfach zustünde.

Ansonsten fungierte der Magister hauptsächlich als eine Art Mädchen für alles. Da er bis in den Tod verschwiegen war, sprach sich jeder bei ihm aus. So wusste er mehr als der gesamte staatliche Geheimdienst. Aber selbst die hartnäckigsten Reporter von Kronenzeitung, Linzer Tagblatt und Tiroler Volksbote bissen bei ihm auf Granit. Aus ihm war nichts herauszubekommen. Er war dem Kanzler treu ergeben, dazu prinzipienfest, streng katholisch, unbestechlich, hatte weder Affären noch Laster. Ein Don-Quichotte-Ritter ohne Fehl und Tadel.

Doch selbst ihm hatte Dr. Frisch diesmal die Neu-igkeit vorenthalten. Wobei das Wort Neuigkeit eine krasse Untertreibung war. Denn was er, der Kanz-ler, heute den Ministern und den Medien und damit dem ganzen Land präsentieren würde, war in sei-nen Augen eine Sensation von historischem Aus-maß.

2.   09:30 Uhr

<u>Gärtnern mit Risiken und Nebenwirkungen.</u>

Adelgunde van Ristenkamp war mit dem bisheri-gen Verlauf des Sommers sehr zufrieden. Warm und doch ausreichend feucht. Kaum jähe Winde, wie sie manchmal auch hier einfallen konnten. Ins-gesamt konnte man in diesem Jahr von einem fast mediterranen Klima sprechen. Das gefiel Adel-gunde. Denn es bekam ihren Pflanzen sehr gut. Sie war eine leidenschaftliche Hobby-Botanikerin. Das Klima war ein wichtiger Grund für sie gewesen, vor einem Jahr von Hamburg in die Alpenrepublik zu ziehen. Das war so ziemlich das Südlichste, wozu Adelgunde sich durchringen konnte.

Bereits die Toskana war ihr nicht mehr ganz geheuer und grundsätzlich war ihr die italienische Mentalität irgendwie unbegreiflich, wenn nicht sogar höchst suspekt. Ein Land mit Blutrache, Mafia, Siesta und permanentem Staatsschlendrian war nichts für Adelgundes norddeutsches Pflichtbewusstsein. Italien - das mochte im Urlaub angehen. Vier Wochen lang konnte man dieses „dolce far niente" gerade noch durchgehen lassen. Aber für immer? Unmöglich schien es ihr, sich mit dieser südlichen Besonderheit anzufreunden. Und außerdem: Blieb man dort nicht irgendwie doch immer eine Fremde? Geduldet als Konsumentin, aber ansonsten doch eher unwillkommen. Dazu kamen noch die Sprachbarrieren! Das alles wog die zweifellos vorhandenen Schönheiten Italiens nach Adelgundes Ansicht nicht auf... Dagegen konnte sie sich als Hamburgerin in Österreich mühelos verständlich machen und von einigen eher belustigenden Eigenheiten des Dialektes abgesehen, verstand sie die Leute ganz gut. Und die Lebensart hier fand sie insgesamt recht passabel. Gut – die Leute hier waren anfänglich reichlich zugeknöpft gewesen, aber Adelgunde störte das nicht. Sie wollte vor allem in Ruhe gelassen werden. Basta. Von übertrieben emotionalen Erwartungen aller Art hatte dieses Musterexemplar hanseatisch-kühler Selbständigkeit noch nie viel gehalten. Und mit dieser Einstellung war sie inzwischen 35 Jahre alt geworden. Schon ihr Äußeres war imposant: Blond, walkürenhaft hochgewachsen, von barock-bukolischer Fülle nicht nur um die Hüften, dabei musisch begabt und überaus belesen. Ihre mentale Geradlinigkeit war unwiderstehlich.

Als letzter Spross des hamburgischen Handelskontors „Ristenkamp & Jörgensen" hatte sie nach dem Tod der Eltern das Unternehmen, dem sie nie mehr als das notwendigste Pflichtgefühl entgegenbringen konnte, verkauft und war nach Österreich gezogen. Ein passendes Haus war bald gefunden. Es lag am Ortsrand von Berghausen und verfügte auf fünf Hektar parkähnlichem Grund sogar über eine eigene Quelle. Hinter dem altmodischen Schwimmbecken, umgeben von dichtem Buschwerk, als gälte es ein unanständiges Zentrum der Freikörperkultur zu verbergen, stand Adelgundes ganzer Stolz: Ein modernes Gewächshaus, Zentrum ihrer botanischen Leidenschaft.

Tempo, das war ihre Maxime. Und von diesem Grundsatz ließ sie sich auch als Botanikerin leiten. Sie war von der Idee besessen, eine Methode zu entwickeln, mit der Pflanzen aller Art in Rekordzeit zu Bonsais schrumpften. Seit vier Wochen machte sie vielversprechende Fortschritte mit einer Tinktur, deren Zusammensetzung sie in einem flämischen

Lehrbuch der Botanik aus dem 16. Jahrhundert entdeckt hatte. Diese Tinktur hatte sie mit Wirkstoffen, die sie aus der örtlichen Apotheke bezog, gemischt. Und so folgte eine Versuchsreihe der anderen. Ein Vorgang, bei dem keinerlei Langeweile aufkam...

Eben saß sie in einem Strandkorb – Reminiszenz an die Nordsee - vor dem Schwimmbecken und las ein Buch über Farne. Sie war so vertieft in die Lektüre, dass sie das piepsende Warnsignal einer Apparatur aus dem nahen Gewächshaus erst wahrnahm, als ihr Hund laut zu jaulen begann. Adelgunde sprang rasch auf und eilte ins Gewächshaus. Sie hatte den urwaldähnlichen Raum kaum betreten, als ihr eine große Stichflamme entgegenfauchte! Dazu gab es einen lauten Knall und reichlich Rauch. Die Hobbybotanikerin kam nicht mehr dazu, in Deckung zu gehen. Der Explosionsdruck warf sie einfach um. Jäh schoss die Angst in ihr hoch. Hatte jetzt ihr letztes Stündchen geschlagen? Wurde sie ein Opfer ihrer allzu verwegenen Experimente? Nachdem aber gleich wieder Stille einkehrte, rappelte sie sich auf. Mit Mühe bahnte sie sich einen Weg durch Tonscherben und herumliegende Pflanzenteile. Sie hoffte inständig, dass ihren Bonsai-Zöglingen nichts passiert war.

Was Adelgunde aber dann in der Bonsai-Versuchsecke erblickte, übertraf alle Erwartungen. Der gut vier Meter hohe Gummibaum, den sie vor nicht einmal zehn Minuten mit Tinktur Nummer 26 c besprüht hatte, war auf die Größe einer Primel geschrumpft! Und Versuchstinktur Nr. 26 d, die auf einem Bunsenbrenner geköchelt hatte, war soeben in einem infernalischen Feuerball zerstoben.

3.　　　　10:00 Uhr

<u>Der Kaiserschmarrn-Kanzler.</u>

Die Aufregung im österreichischen Kanzleramt erreichte inzwischen nie dagewesene Ausmaße. Der Kanzler, den Spötter nur „das Wolferl" nannten, und sein Adlatus Conrad Sedlacek eilten von der Vorhalle, in der das Ministerkollegium stets auf den Kanzler zu warten hatte, zum großen Sitzungssaal. Sedlacek konnte sich nicht erinnern, dass der Kanzler je ein solches Tempo angeschlagen hätte. Der Optimismus und die zwingende kollektive Euphorie, die davon ausging, verhießen in der Tat etwas ganz Spektakuläres. Und diese fast körperlich spürbare Großartigkeit entfaltete eine Sogwirkung, welche die Teilnehmer an der heutigen Sondersitzung in den Bann zog, sie zu Willenlosen machte und mit sich riss. Turbulent und fast tumultartig wurde also der Sitzungssaal erreicht.

Livrierte Bediente, um nicht zu sagen Lakaien, rissen schwungvoll die großen Türen auf. Wieder dieses „Grüß Gott Herr Kanzler", nebst alertem Kratzfuß, wozu der Kanzler huldvoll und spätpubertär lächelte. Allerdings muss hier angemerkt werden, dass der Regierungschef beim Betreten des Regierungsgebäudes grundsätzlich lächelte. Sozusagen aus Staatsraison. Sonst könnten seine Widersacher – und es waren nicht wenige – glauben, „dem Wolferl" sei das Lachen vergangen. Und sie hätten vielleicht Oberwasser. Aber diese Freude wollte der Kanzler seinen Gegnern unter gar keinen Umständen machen. Heute jedoch war seine gute Laune nicht gespielt. Das konnten alle spüren, die sich im Großen Sitzungssaal versammelt hatten.

Als „der Marabu" nun wie gewöhnlich die Akten ausbreiten wollte, bedeutete ihm der Kanzler mit einer Handbewegung, zu warten. Er schwang die schwere, ziselierte Glocke, die zur Ruhe mahnte. Als alle schwiegen, senkte er seine Stimme von fistelndem Tenor auf sonoren Bariton ab und sagte salbungsvoll:

„Meine verehrten Damen und Herren, liebe Kolleginnen und Kollegen - ich entbiete Ihnen heute ein besonders herzliches Grüß Gott. Und - möge Gott unser schönes Österreich beschützen."

Alle staunten über diese Einleitung. Der Verteidigungsminister raunte dem Finanzminister zu: „Und wer schützt uns vor ihm?" Wozu dieser hämisch grinste. Leider hatten die beiden keine Zeit, weitere Bosheiten auszutauschen, denn der Kanzler fuhr in weihevoller Tonlage fort:

„Heute ist ein großer Tag für unser Land. Sie werden sich wohl fragen, warum? Damit ich keine langen Worte machen muss – aber aufgeschoben ist nicht aufgehoben – darf ich Sie alle bitten, mir in den Maria-Theresia-Saal zu folgen."

In den Maria-Theresia-Saal! Murmelnd, spekulierend und lärmend wie ein Altersheim beim Ausflug für noch Gehfähige nach Grinzing, bewegte sich also das gesamte österreichische Kabinett dorthin. Was hatte das zu bedeuten? Dieser Saal war reserviert für Geschehnisse von allerhöchster Tragweite.

Auf des Kanzlers Anweisungen wurde das ehrfurchtgebietende, hochaufragende und mit vergoldeten Schnitzereien verzierte Doppelportal aufgestoßen. Allen entfuhr ein erstauntes „Ah" und „Oh".

Im Zentrum des großen und steifen Barock-Saals war ein hochmodernes Kochstudio aufgebaut! Und mittendrin stand der korpulente Starkoch Radomir Ivanescu, der österreichweit bekannte und beliebte Mehlspeisen- und Knoblauchpapst.

Der tat gar nicht lange herum. Er band dem Kanzler eine bis zum Boden reichende, schneeweiße Schürze um. Selbstverständlich mit Doppeladler in Brusthöhe. Auch eine hochaufragende Mütze stülpte der Koch auf Dr. Frischs freudestrahlenden Kopf.

„Wie der Papst bei der Zubereitung des letzten Abend-Mahls", lästerte der Finanzminister, bekannt für seine grandios-impertinenten Kommentare. Dem Verteidigungsminister gelang es nur unter Aufbietung aller Kraft ein wieherndes Gelächter zu unterdrücken. Aber das hätte ohnehin niemand gehört, denn Radomir – der die Szene mit dem Kanzler natürlich eingeübt hatte – sagte in diesem Moment sehr laut und sehr forsch zu Dr. Frisch:

„Na bitterschön, was kochen wir heute, Euer Gnaden?"

„Einen großen Kaiserschmarrn – Kaiserschmarrn für alle." Triumphierend stieß der Kanzler diesen Satz heraus.

„Ich glaube, jetzt ist er endgültig verrückt geworden", zischte der Außenminister dem Justizstaatssekretär zu. Doch ging diese staatszersetzende Frechheit im allgemeinen Murmeln, Raunen und Palavern unter. So etwas hatte der ehrwürdige Raum noch niemals erlebt. Wieso machte der mächtigste Mann der Alpenrepublik aus dieser historischen Kultstätte eine profane Küche? Durften

Geruchsschwaden von Mehlspeise in Butterschmalz zusammen mit dem ordinären Geräusch von Pfannengebrutzel durch diese sakrosankte Keimzelle habsburgischer Gralsritterschaft wabern? Für den Kultusminister, konservativer Schöngeist und bekennender Kabinetts-Homo in Personalunion, war solches Treiben entsetzlicher als der widerlichste Kulturbolschewismus. Angeekelt wedelte er sich mit einem Spitzentaschentuch Frischluft in die gerötete Schnapsnase. Dicke Schweißtropfen perlten von seiner Stirn während er leise quiekte: „Ich glaube, diese skandalöse Entweihung überlebe ich nicht."

Ein Fernsehteam von ORF-1 nahm die ungewöhnliche Szene live auf – froh, keine der üblichen langweiligen Pressekonferenzen kommentieren zu müssen. Kaiserschmarrn im Kanzleramt – das war was für die Nation...

4.   14:00 Uhr

<u>BMW contra Riesenhühner.</u>

Mit einem zufriedenen Gesichtsausdruck legte Johann Krainauer, Inhaber der „Auto-Klinik Berghausen" irgendwo im Österreichischen, den schweren Gabelschlüssel aus der Hand. Dann nahm er einen Putzlappen und begann, langsam und akribisch Maschinenfett und anderen Schmutz von seinen Händen zu wischen. Ein ritueller Reinigungsakt, den er mit liebevoller Bedächtigkeit jedem einzelnen seiner Fingerglieder zukommen ließ. Wie jeden Tag um diese Zeit spähte er dann durch das kleine Fenster seiner Werkstatt, um das Wetter zu erkunden. Immer noch hingen graphitgraue Wolken krötenbäuchig über der Landschaft. Immerhin, es hatte aufgehört zu regnen. Als in diesem Moment der BMW des hiesigen Polizisten Leopold Gruber auftauchte, hoffte Johann inständig, dass der Beamte weiterfahren würde. Johann wollte endlich Pause machen. Es ging schon auf vierzehn Uhr zu. Die Mittagspause war überfällig. Wieder einmal hatte er sich nicht losreißen können von seiner beruflichen Obsession, die sich täglich abspielte zwischen Ersatzteillager, Werkbank, Schweißgerät und Hebebühne. Krainauer, je nachdem wie man es sieht gesegnet oder geplagt von einer berufsunüblichen Bildung, (er hatte auf einem humanistischen Gymnasium maturiert) fühlte sich an gewissen Tagen durchaus wie ein moderner Hephaistos, der kunstvoll mit Schweißbrenner und Hammer am Großen und Ganzen dieser Welt wirkte...

Doch aus der Pause schien nichts zu werden. Schlammspritzend trotz virtuoser Kurventechnik steuerte der Polizeibeamte sein Auto auf den mit Schlaglöchern gespickten Vorplatz von Krainauers Auto-Klinik. Der Wagen kam direkt vor jenem Teil der ebenerdigen, maroden Baracke von undefinierbarer Farbe zum Stehen, an deren Tür man mit Geduld und Phantasie das Schild *„Autoklinik - Büro"* entziffern konnte. Krainauers sogenanntes Büro bestand genau genommen nur aus einem Schreibtisch, der hinter einer Sperrholzplatte vor dem Werkstattbereich in Deckung ging. Diese Trennwand, schon beinahe ehrwürdig gefirnisst vom Altersstaub und öligen Staubpartikeln, dazu übersät von zahlreichen darauf haftenden Papierschnipseln mit hieroglyphenhaften Mitteilungen, reichte vom Boden bis an den niedrigen Plafond. Und der Schreibtisch hatte Dimensionen, die es erlaubt hätten, darauf zum Geburtstag des Aufsichtsratsvorsitzenden der österreichischen Bundesbahn eine Modelleisenbahn samt Miniatur-Brenner aufzubauen. Allerdings hätte der Firmeninhaber dazu die sich auftürmenden Rechnungen, Kostenvoranschläge, eng beschriebenen Notizblöcke und unzählige Kataloge ordnen und entfernen müssen...

Krainauer sah an Grubers Gesichtsausdruck, dass die Mittagspause warten musste. Obwohl der Polizeibeamte erst seit einem halben Jahr im Ort Dienst tat, kannten sich die beiden Männer mittlerweile recht gut. Das lag auch daran, dass Grubers Auto, ein betagter BMW, sozusagen Stammgast in der Werkstatt war.

„Mistkarre, verfluchte!" beschimpfte Gruber das Fahrzeug in den sich häufenden Fällen technischen Versagens. Mit einer Mischung aus cholerischem Ingrimm und unbeirrbarer Zuneigung. Dem Polizisten erschien jeder Defekt an seinem Auto als widerwärtiger Akt von Ungehorsam - hart am Rande der Meuterei! Als wollte der BMW die Leidensfähigkeit seines Fahrers ausloten. Für den Mechaniker aber stand fest: Der Polizist würde sich trotz aller Beschimpfungen niemals trennen von seinem launischen Untersatz. Eine Einstellung, die Krainauer gefiel.

Als Gruber aus dem silbergrauen 520-er glitt, gab die Tür, die er dabei mit dem linken Knie bis zum Anschlag aufstieß, ein knarzendes Geräusch von sich - unbefriedigtes Verlangen eines Scharniers nach dem erlösenden Schmiermittel. Inzwischen hatte der Mechaniker seine Werkstatt verlassen und war ins Freie getreten, den öligen Putzlappen immer noch zwischen den Fingern. In seinem Gesicht war keine Spur von Enttäuschung über die verpatzte Mittagspause zu erkennen. Dazu war er seinem Beruf zu sehr mit Leib und Seele verfallen.

Ein kurzer Blick genügte, um zu erkennen, dass der Polizist diesmal nicht wegen einem gerissenen Kühlschlauch oder streikenden Relais gekommen war. Grubers Miene offenbarte etwas anderes: Panik.

Das gab Krainauer zu denken. Der Polizeibeamte war doch sozusagen berufsmäßig an außergewöhnliche Situationen gewöhnt. Was also war los? Ein kurzer Blick auf das Auto genügte, und auch das Gesicht des Mechanikers verlor seine bäurisch-bodenständige Ausgeglichenheit. Verblüfft entfuhr ihm ein vieldeutiger Pfiff: „Jessas Poldi! Bist du auf einem Truppenübungsplatz herumgekurvt? Dein Auto sieht ja aus wie durch den Kuhmist gezogen!"

Was Gruber dann äußerte, war so unglaublich, dass Johann den starken Verdacht hegte, das Erzählte sei nichts anderes als phantastische und nebulöse Erinnerungen einer nächtlichen Sauftour.

„Du willst mir also weismachen, dass du mit diesem Auto heute Nacht im Franz-Joseph-Wald unterwegs warst und dabei mit riesengroßen Hühnern zusammengestoßen bist? Woher in Dreiteufelsnamen sollen die vermaledeiten Hühner denn kommen?" meinte der Mechaniker ungläubig.

Gruber ließ sich nicht beirren: „Ich sag' Dir, es waren Hühner und sie waren mindestens einen Meter fünfzig groß. Und es passierte im Franz-Joseph-Wald. Aber woher das verfluchte Federvieh kommt? Wenn ich das wüsste, wäre mir schon wohler", meinte der Polizist. „Ich habe zwar eine gewisse Ahnung. Weil sie aber zu absurd ist, möchte ich sie vorerst noch für mich behalten."

„Du meldest also nichts nach Wien?"

„Im Prinzip muss ich melden. Schließlich bin ich Beamter. Aber ich muss dabei äußerst diplomatisch vorgehen. Die Strafversetzung von Wien hierher nach Berghausen wegen sogenanntem Übereifer im Amt reicht mir vorerst. Auf keinen Fall darf ich bei den Wiener Bürokraten schlafende Hunde wecken. Die wären imstande und verbannen mich noch nach Bosnien. Vor allem will ich die Reparaturkosten ersetzt haben." Gruber schnaufte empört.

Johann grinste anzüglich: „Ich weiß ja nicht, warum sie dich zu uns geschickt haben. Aber die Provinz hat doch irgendwie auch Vorteile, oder? Ich sage nur: Adelgunde van Ristenkamp."

Leopold ging auf diese Bemerkung nicht ein und meinte:

„Ganz unter uns: Vor zwei Wochen erschien ein junges Pärchen aus Linz bei mir, denen das Gleiche passiert war. Ich habe den beiden damals kein Wort geglaubt und sie verdächtigt, sie hätten gekifft. Aber jetzt...." Er kratzte sich hinterm Ohr.

Der Mechaniker schlug vor, den Wagen zum Zweck einer genaueren Untersuchung auf die Hebebühne zu fahren. Was die beiden dann zu sehen bekamen, war nicht dazu angetan, die Sache in einem harmloseren Licht erscheinen zu lassen. Unübersehbar befanden sich an der unteren rechten Seite des Autos Kratzer, sowie Blut- und Schleifspuren. In den Ritzen des Chassisblechs steckten büschelweise große Vogelfedern. Gruber atmete auf. Er sah seine Glaubwürdigkeit wiederhergestellt. Aber was bedeuteten die zahlreichen tiefen Löcher von etwa einem Zentimeter Durchmesser? Krainauer leuchtete mit der Stablampe in eines dieser Löcher, dazu stirnrunzelnd unverständliches Kfz-Kauderwelsch brabbelnd. Nach einigen Minuten sagte er:

„Das muss ich in Ruhe untersuchen. Am besten lässt du das Auto über Nacht hier. Bis morgen weiß ich mehr. Inzwischen kannst Du den kleinen roten Subaru fahren. Der ist zwar nicht ganz standesgemäß für einen österreichischen Kriminaler, fährt aber wie eine Rakete."

Gruber nahm das Angebot gerne an und dem Mechaniker das Ehrenwort ab, mit keiner Menschenseele über die Sache zu reden.

5. 15:00 Uhr

Der Verdacht.

Hannelore Frisch – Österreichs First Lady – tat nichts lieber, als beim Kartenspiel zu betrügen. Weder empfand sie dabei Gewissensbisse, noch Nervosität. Es war für sie ein notwendiger Ausgleich zum ständigen Druck des Staats-Protokolls, welches auf der Kanzlergattin auch im Privatleben lastete. Besser ein wenig schwindeln, als eine Therapie oder Magengeschwüre, sagte sie sich.

Und sie schadete niemand mit diesem Tun. Denn sie spielte ausschließlich zuhause und am liebsten mit ihrer besten Freundin Hermine. Seit diese pensioniert war, konnten die beiden Damen ihrer Spielsucht hemmungslos frönen. Selbstverständlich wusste Hermine, dass Hannelore schummelte. Aber sie gönnte ihrer Freundin das Vergnügen. Dass sie selbst es mit den Regeln auch nicht so genau nahm, war für sie ein Akt der Notwehr und so etwas wie ausgleichende Gerechtigkeit. Auch dafür, dass sie sich, obwohl sie doch fast täglich kam, einer peinlich peniblen Sicherheitsüberprüfung unterwerfen musste, was sie sehr erboste.

„Euer Sicherheitsgetue ist eine Zumutung" schimpfte sie oft bei ihrer Ankunft. Und empörte sich weiter: „Wer soll euch denn schon was tun? Du und Dein Wolferl, Ihr seid doch so beliebt. Und überhaupt: Allmählich könnten mich eure Schutzleute schon kennen. Ich werde jedes Mal aufs Neue von vorn bis hinten und oben bis unten durchsucht. Als ob ich eine Bombe hereinschmuggeln wollte. Dabei bringe doch nur Zwetschgendatschi, selbstgemachte Plätzchen oder Kirchweihgebäck mit. Fehlt nur noch, dass ich mit einem Nackt-Scanner gedemütigt werde!"

Zu solchen Äußerungen lachte Hannelore Tränen. Oder sagte entwaffnend: „Es hilft nichts Hermine, musst dich halt abfinden mit diesem Security-Schmarrn."

„Niemals", schnaubte Hermine entrüstet.

Sie war, abgesehen vom Kartenspiel, ein Ausbund an Ehrlichkeit und Geradlinigkeit, besaß dazu ein unversiegbar sonniges Gemüt gepaart mit einer Extraportion Optimismus und vor allem einen höchst gesunden Menschenverstand. Streit oder Zank kam für sie nur im äußersten Notfall infrage. Für Hannelore Frisch das hochwillkommene und unabdingbare Kontrastprogramm zur permanenten Heuchelei beim unvermeidlichen Smalltalk in Ausübung ihrer repräsentativen Plichten. Kurz und gut: Hannelore lebte bei Hermines regelmäßigen Besuchen sichtlich auf.

An diesem Tag allerdings hatte Hermine das Gefühl, Hannelore sei nicht ganz bei der Sache. Diese hatte zwei Mal das falsche Blatt abgelegt und sich beim Zählen zu ihren Ungunsten verrechnet. Keine Spur von Schwindeleien. Hermine musste gar nicht lange fragen. Hannelore warf ihre Karten auf das geblümte Biedermeiersofa, schluchzte laut und rückte mit der schrecklichen Wahrheit heraus: Ihr Mann – das Wolferl - ginge allem Anschein nach fremd! Als sie das Wort „fremdgehen" heraustrompetete, bekam sie einen Weinkrampf. Die degoutante Sachlage war schnell berichtet. Wolfgang war seit sechs Wochen auffallend gut gelaunt. Es konnte nur etwas zu tun haben mit den nächtlichen Fahrten, zu denen er, von Kurti chauffiert, zwei- bis dreimal pro Woche aufbrach. Was er dabei trieb, sagte er nicht. Auf ihr Nachfragen murmelte er etwas von Staatsgeheimnis und Verschwiegenheitspflicht. Hanelore hatte sich den Chauffeur vorgeknöpft. Ihm mit fristloser Kündigung gedroht. Der gab zu, den Kanzler regelmäßig in ein geheimes Forschungs-Institut im Franz-Joseph-Wald zu fahren. Er habe dem Kanzler gegenüber beim Leben seines Dackels schwören müssen, niemandem davon auch nur ein Sterbenswörtchen zu berichten. Denn es sei nun mal ein Staatsgeheimnis. Mehr war aus Kurti nicht herauszubekommen. Er liebte seinen Hund über alles.

„Staatsgeheimnis!" Hannelore war empört. Und weiter: „Institut! Ich kann mir schon vorstellen, was für eine Art von Institut das ist. Ein verkapptes Edelpuff für Großkopferte wahrscheinlich! So eine Sauerei. Aber das soll er mir büßen, dieser Hundsfott. Wenn der Kanzler eine Affäre hat, dann wird es zum Staatsgeheimnis erklärt und damit sakrosankt. Aber der saubere Herr Gemahl hat seine Rechnung ohne mich gemacht. Ich werde ihm schon auf die Schliche kommen und dann Gnade ihm Gott! Und du musst mir dabei helfen, Hermine."

Hannelore hatte schon einen Plan. Mit Hermine als Hauptdarstellerin. Diese staunte nicht schlecht: Sie sollte, als harmlose Pilzsammlerin getarnt, im Franz-Joseph-Wald Beweismaterial gegen den Hundsfott sammeln. Ganz nahe ans dubiose „Institut" müsse sie sich vorarbeiten. Wenn es sein musste, auch nachts. Hannelore hatte für die Aktionen sogar ein lichtstarkes Fernrohr und eine Nachtsicht-Minikamera beschafft. Beides hatte sie vom Verteidigungsminister erhalten, der ihr mehr als nur einen Gefallen schuldig war für Amouröses während der gemeinsamen Studienzeit in Graz...

Hannelore zeigte Hermine die weitere Ausstattung: Einen Pilzsammlerkorb, ein kleines Lehrbuch der Pilzkunde, eine Taschenlampe und weitere zur Pilzsuche nötige Utensilien wie Messer und Schere.

„Schau, Hermine: Ich habe Dir auch eine Spezialkarte besorgt. Der Maßstab ist so groß, dass sogar das sogenannte Institut eingezeichnet ist. Offiziell ist es so eine Art Sportclub. Aber was dort wirklich los ist, weiß keiner. Die Anlage ist natürlich bewacht und man kann nur mit Erlaubnisschein passieren. Du brauchst aber keine Erlaubnis. Die kriegen wir sowieso nicht. Du kommst geheim. Durch's Unterholz, über Stock und Stein. Sobald mein Wolferl, der liebestolle Gimpel losfährt, rufe ich Dich an. Du machst Dich dann per Fahrrad auf den Weg und überführst den treulosen Hammel. Und garantiert ist es nicht gefährlich. Denn wer tut einer Pilzsucherin, die sich verlaufen hat, schon etwas? Schwammerl suchen doch viele. Na, was sagst, Hermine?"

Und schon erläuterte sie weiter: Morgen früh würde Hannelores Chauffeur Hermine samt Ausrüstung und Fahrrad in das fragliche Gebiet bringen. In der gepanzerten Limousine der First Lady Österreichs. Hannelore hatte für Hermine einen einwöchigen Aufenthalt in der Familienpension „Sonnenschein" in Berghausen im Waldviertel vorgebucht. Denn Hermine konnte ja unmöglich für ihre Recherchen von Wien bis in den Franz-Joseph-Wald radeln. Nein, Hermines Einsatzort für die nächste Woche wäre die Gegend um Berghausen. Hermine war erst baff, dann aber sehr schnell Feuer und Flamme für dieses Abenteuer. Verweigerung kam überhaupt nicht in Frage. Freundin ist Freundin. Wo kämen wir denn hin, wenn es anders wäre.

Und ihr völlig unerschrockenes Naturell blendete jedes übertriebene Gefahrenpotential ohnehin aus. Hannelore hatte Recht. Was sollte bei einer so kleinen Miss-Marple-Komödie schon passieren? Ein paar Kratzer vielleicht oder eine Reifenpanne mit ihrem Fahrrad. Hermine fand Hannelores Idee großartig. Was Hermine ihrer Freundin aber nicht sagte, war folgendes: Erstens konnte sie Karten nicht lesen und zweitens haperte es sehr mit dem Orientierungssinn. Aber ihr war klar: Hannelore war in einer Stimmung, wo sie Zuspruch brauchte. Bedenken oder Zweifel waren jetzt fehl am Platze...

Der zweite Tag

6.   08:30 Uhr

Ein Auto verschwindet.

Da Leopold Gruber an diesem Morgen weder mit seinem ortsbekannten Dienstwagen, noch seinem privaten BMW unterwegs war, machten die zahlreichen Verkehrsteilnehmer wenig Anstalten, ihre Verstöße gegen die Straßenverkehrsordnung zu unterlassen. Niemand vermutete am Steuer des gestern bei Krainauer ausgeliehenen Subaru-Kleinwagens den örtlichen Vertreter der Staatsgewalt.

Der Polizist sah deshalb wieder einmal seine von polizeilichem Argwohn und wienerischer Misanthropie geprägten Vorurteile bestätigt: Der Mensch ist schlecht.

Aufreizend in zweiter Reihe, mehr als nur ein wenig hinderlich, parkte ein ihm wohlbekanntes Auto vor der örtlichen Apotheke. Es war der wuchtige Sportwagen von Adelgunde van Ristenkamp. Sie war ihm zwar persönlich alles andere als unsympathisch, aber Recht ist nun mal Recht, ja wo sind wir denn? Und sie war, was erschwerend dazukam, so etwas wie eine Stammkundin bei ihm, da sie sich wenig scherte um Verkehrsschilder aller Art. Er überlegte, ob er ein Auge zudrücken sollte. Er war etwas in Eile. Krainauer hatte in aller Frühe angerufen. Er solle noch am Vormittag in die Werkstatt kommen, es gäbe Interessantes zu berichten.... Aber andererseits: Provokantes Parken in der zweiten Reihe, das konnte er eigentlich nicht durchgehen lassen. Seine tief verankerte Law-and-Order-Mentalität gewann wieder die Oberhand. Im tiefsten Grund seiner Macho-Seele allerdings hegte er die Vorstellung, ihre zahlreichen Verkehrsverstöße beginge sie nur, um auf diese etwas sonderbare Art möglichst oft in Kontakt mit ihm zu kommen. Eine Idee, die es ihm sehr angetan hatte.

Eben kam sie aus der Apotheke heraus, wie immer aristokratisch, souverän, perfekt gekleidet und lächelnd. Hinter ihr erschien, im blütenweißen Kittel, Dr. Felix Abendtau, der betagte Inhaber der Traditionsapotheke „Zum goldenen Huhn". Einer seiner Mitarbeiter trug mehrere Kanister zu Adelgundes Wagen. Abendtau überwachte höchst besorgt deren akribische Lagerung im Kofferraum. Er mahnte:

„Sie wissen, Gnädige Frau, dass diese Chemikalien nicht ganz ungefährlich sind. Sie fallen zwar noch nicht unter die Gefahrgutverordnung, aber auf jeden Fall sollten sie vorsichtig fahren. Über die Lagerungsvorschriften sind Sie ja bestens informiert, Frau van Ristenkamp. Also auf Wiedersehen. Und beehren Sie mich bald wieder."

Adelgunde glitt in die anschmiegsamen weichen Polster ihres Autos und schon surrte sie davon. Der Apotheker winkte ihr strahlend nach, denn er schätzte die zahlungskräftige Kundin sehr. Trug sie doch zu einer erfreulichen Steigerung seines Umsatzes bei. Er kam kaum nach mit seinen Bestellungen bei Kryczmarek & Haindl, der Wiener Chemikalienhandlung.

Mit einer spontanen Regung von Nachgiebigkeit gab Leopold Gas. Adelgunde (er duzte sie in Gedanken bereits!), diese famose nordische Göttin, würde ihm schon nicht davonlaufen. Und überhaupt, es gab an diesem Morgen Wichtigeres zu tun, als die Beschäftigung mit Bagatellen wie Ordnungsrecht.

Er würde erst zu Krainauer's Autoklinik fahren. Er war neugierig, was mit seinem BMW los war. Natürlich hatte auch Leopold die Zeitung gelesen. Das ganze Trara um den Riesenkaiserschmarrn des Kanzlers. Und er war sich absolut sicher, dass das dabei verwendete ominöse Riesenei von einem dieser großen Hühner sein musste, die er nachts mit seinem Auto angefahren hatte. Er grinste. Man hatte ihn wegen Übereifers strafversetzt in die hinterste Provinz und bumms: Schon stieß er dort auf einen noch viel brisanteren Fall. Sicher zerbrach man sich im Innenministerium schon den Kopf über seinen Bericht, den er noch gestern per Express nach Wien geschickt hatte.

Bald war die Werkstatt erreicht. Leopold hatte urplötzlich ein flaues Gefühl in der Magengrube, als sein Wagen vor der Tür mit der Aufschrift „Büro" ausrollte. Ein Instinkt sagte ihm, dass etwas nicht stimmte. Eine unnatürliche Ruhe lag in der Luft. Und schon entdeckte er einen Zettel, mit Klebeband am Fenster befestigt:

„Wegen Krankheit geschlossen", las der Polizist die krakelige Notiz. Nichts konnte ihn argwöhnischer machen als dieser kurze Satz. Er war zu harmlos, zu glatt. Und deshalb extrem bedrohlich. Einer wie Johann Krainauer wurde nicht über Nacht krank. Was ihn zusätzlich beunruhigte: die Innenrouleaus waren herabgelassen. Das machte Krainauer nie, wenn er die Werkstatt verließ.

Vorsichtig und auf alles gefasst, pirschte Leopold um das Gebäude herum. Nichts Auffälliges auf den ersten Blick. Er stieg in das Leihauto, startete den Motor und parkte es ein paar Meter entfernt hinter einem dichten Gebüsch, sodass es von der Straße aus kaum zu sehen war. Als er sicher war, von niemandem beobachtet zu werden, schlich er sich wieder hinter das Gebäude und öffnete mit einem stets paraten Sortiment von speziellen Schlüsseln die Hintertür zur „Autoklinik".

Vom Mechaniker keine Spur. Und auch Leopolds BMW war weg.

7.   10:00 Uhr

Jubel um das Riesen-Ei.

Pünktlich wie seit drei Monaten wurden in der Wiener Autohandlung „Obermaier & Co" die tags zuvor bestellten Autos abgeholt. Sechs schwere Limousinen von sechs jungen Männern. Die Art ihrer Garderobe und ihr Verhalten ließen keinerlei Rückschlüsse auf Beruf oder sonstiges zu. Keiner war über dreißig Jahre alt. Junge, glatte Gesichter. Durchtrainierte, eher schlanke Figuren. So könnte eine Sportlergruppe aussehen, die zu irgendeinem Wettbewerb unterwegs war. Oder die Mitglieder einer rein veganen Sekte auf der Suche nach neuen Brennnesselfeldern. Allerdings hatten sie weder Sport-Equipment, noch irgendwelche sonstigen

Utensilien dabei. Sie hatten rein gar kein Gepäck dabei. Einer der smarten Typen zahlte den vereinbarten Preis. Bar und ohne Quittung. Ein Labsal für Bartholomäus Obermaiers schwarze Kasse. Dieser Umstand schloss jede Frage nach Sinn und Zweck der Leihaktion aus. Die sechs würden die Autos, wie vereinbart, morgen gegen 11 Uhr dreißig zurückbringen. Vielleicht auch erst um zwölf. Denn es könnte heute Abend eventuell spät werden. Dazu lachten alle anzüglich.

Kurz darauf fuhren die sechs Autos ab. Obermaier sah ihnen trotz seiner Neugier nicht nach. Sein Instinkt sagte ihm, dass er in diesem Fall alles, was nach Neugier aussah, bleiben lassen musste. Obermeier gab viel auf Instinkt.

Obermaier, der ehemalige Boxweltmeister im Halbschwergewicht, wusste was ein gesunder Instinkt wert ist, vor allem in Verbindung mit einem wuchtigen Aufwärtshaken. Nach dem Meistertitel machten ihn die Medien zur beliebtesten Sportikone der Alpenrepublik. Obermaier kassierte natürlich für alle Auftritte saftige Prämien. Er machte Schluss mit der Keilerei im Ring und stieg ins Autogeschäft ein. Und jeder, der es sich leisten konnte, wollte unbedingt ein Auto vom Weltmeister. Was alle überraschte: Obermaier entpuppte sich als ein unglaubliches Verkaufstalent. So bewies er allen, dass er nicht nur zuschlagen, sondern auch gut einsacken konnte. Vor allem Geld. Seine Geschäfte nahmen ebenso zu wie seine Leibesfülle, was aber seine diversen Freundinnen, die entweder Mausi, Schneckerl oder Mutzi-Putzi hießen, wenig störte. Obermaier hatte es sich gerade in seinem grandios altmodischen Büro gemütlich gemacht (Zigarre plus Cognac in einem gewaltigen dunkelgrünen Ledersessel), als ein Angestellter hereinplatzte:

„Chef, haben Sie heute schon die Zeitung gelesen?"

„Karli, du weißt doch, dass ich immer erst am Nachmittag dazu komme."

„Das müssen Sie aber sofort lesen, Chef. Das ist ja sensationell. Der Kanzler - unser Kanzler hat..." er geriet ins Stottern und fuhr fort: „ein riesiges Ei ... und der Kaiserschmarrn ... das ist ja ganz unglaublich... das gibt es ja gar nicht... na so etwas..." Karli, der sonst so Ruhige, war ganz aus dem Häuschen.

Obermaier riss dem Angestellten die Zeitung aus der Hand. Zunächst eine Enttäuschung! Heute keine aufreizenden und anregend halbnackten Weiber auf der Titelseite! Dafür auf Seite Eins eine protzig große Überschrift in Signalrot:

Des Kanzlers Kaiserschmarrn!

Jubel um Österreichs Riesen-Ei.

Die weiteren Seiten zeigten eine Bildfolge, auf der jeder sehen konnte, wie ein strahlender Kanzler Frisch, zusammen mit dem vor Stolz beinahe platzenden Starkoch Ivanescu, einen gewaltigen Kaiserschmarrn fabrizierte. Dieser wurde dann sofort verzehrt vom gesamten österreichischen Kabinett!! Mehlspeisenfressorgie im sakrosankten Maria-Theresie-Saal! Am besten gefiel Obermeier die Aufnahme, auf welcher der Kanzler ein Ei, beinahe größer als sein eigener Kopf, triumphierend in die Höhe stemmte. Der Ex-Boxer stürzte sich begierig auf den Text, der die Tatsachen erläuterte:

In einem geheimen Institut war es nach langen Bemühungen und genetischen Versuchen gelungen, eine ausnehmend große und sehr robuste Hühnerrasse zu züchten. Deren Eier zeichneten sich durch ganz besondere Eigenschaften aus: Sie waren fast dreißig Zentimeter hoch und außerdem bei jeder Temperatur unbeschränkt haltbar. Eine Nahrungsquelle also von schier ungeahnten Anwendungsmöglichkeiten. Die Haltbarkeit prädestinierte es für Verwendung und Verzehr in den Welthungergebieten. Und das Huhn sollte, ebenso wie sein Ei, unempfindlich sein gegen Hitze, Kälte und sonstige widrige Umstände. Es ernährte sich vorzugsweise von Abfällen aller Art und verschmähte auch Müll und Schrott keineswegs. Selbst Problem- und Giftmüll verdrückte dieses Huhn ohne weiteres. Sozusagen die pickende Müllabfuhr gegen die tickende Zeitbombe in so mancher Mülldeponie. Da dieses Huhn zudem über eine hocheffiziente und große Leber verfügte, kam es praktisch zu keinerlei Rückständen im Fleisch oder den Eiern. Schließlich wollte man ja niemanden vergiften. Bewahre Gott! Um also der Öffentlichkeit zu beweisen, wie unbedenklich das neue große Ei sei, habe auch das Kabinett nicht gezögert, dies in einem gemeinsamen, patriotischen Selbstversuch, einem Kaiserschmarrn-Essen, zu demonstrieren.

Mehr Details zu „Österreichs Wunderhühnern" wollte der Kanzler aus Gründen der Staatsraison vorerst noch nicht preisgeben. Aber nur so viel verriet sein Regierungssprecher: Das Wunderhuhn sei praktisch serienreif und in Bälde würde es nicht nur den heimischen, sondern auch den Weltmarkt erobern. Es würde die Armen satt machen, weltweit die Kappen der Müllberge abschmelzen, und damit zu Österreichs Exportschlager Nummer Eins werden! Endlich ein zweites Standbein neben der weltberühmten Mozartkugel, die heute schon in jedermanns Munde sei...

Obermaier las die Zeitung wieder und wieder. Und schlürfte dabei die wunderbaren Nachrichten gierig und süchtig in sich auf. Das war Balsam für seinen schon lange unbefriedigten, latenten Nationalstolz. Seit seinem Weltmeistertitel vor achtzehn

Jahren gab es endlich wieder einen österreichischen Paukenschlag im internationalen Konzert. Nun konnte sich die nach zwei Kriegen klein gewordene Alpenrepublik, diese geschrumpfte, oft belächelte ehemalige habsburgische Großmacht, in deren Reich einst die Sonne nicht untergegangen war, in einem neuen Glanz sonnen. Man war wieder wer. Obermaier war so begeistert, dass er alle seine Mitarbeiter ausnahmslos auf eine Runde Enzianschnaps einlud. Dann rief er daheim an und sagte zu seiner Frau: „Heute Abend machst uns einen großen Kaiserschmarrn, gell. Und lies unbedingt die Zeitung, Mitzi!"

8.   10:15 Uhr

Kaiserschmarrn und Parteipolitik.

Selbstverständlich wurde nicht nur in Autohändlerkreisen über den Mehlspeisen-Coup des Kanzlers eifrig diskutiert. Das Thema hielt die gesamte Nation in Atem. An Zeitungskiosken, in Weinstuben, Biergärten und Talkrunden gab es nur noch ein Thema: Des Kanzlers Kaiserschmarrn, hergestellt aus einem einzigen, riesengroßen Hühnerei. Über

Nacht schnellten die Zustimmungswerte zur Politik des Kanzlers empor. Eine Beliebtheits-Hausse ohnegleichen: In wenigen Stunden von 24 auf 86 Prozent. Sapperlott! Der Kanzler war wieder obenauf. Seine lange arg gebeutelte Partei und die treuen Anhänger hatten endlich wieder Oberwasser.

Ein schwerer Schlag aber für seine politischen Widersacher. Außer im Ministerium für Landwirtschaft und beim Sportbund, wo nicht nur Präsident Ballauf immer an ihn geglaubt hatte. Aber in den anderen Ministerien machten sich Angst, Verzagtheit und Verunsicherung breit. Niemand hatte auch nur die geringste Ahnung vom Kaiserschmarrn-Coup des Kanzlers gehabt. Plötzlich waren die Machtverhältnisse auf den Kopf gestellt. Der Kanzler war jetzt am längeren Hebel und keiner im Kabinett hatte eine Vorstellung, wie der ihn einsetzen würde... Nicht nur der Innenminister fragte sich, wieso ihn der Chef des Geheimdienstes nicht vorgewarnt hatte. Wozu hatte man seine regelmäßigen geselligen Treffen mit den „Schlapphüten" bei denen man mit gegenseitigen Gunstbezeigungen aller Art und dem Erweis von Gefälligkeiten niemals gegeizt hatte. Womit man vor allem den schützenden Filz am Funktionieren hielt. War es möglich, dass man in der Abwehr keine Ahnung gehabt hatte? Auf jeden Fall musste sofort und mit Nachdruck die parteiinterne Strategie überdacht und neu justiert werden. Fest stand: Man hatte „das Wolferl" unter-schätzt. Ein unverzeihlicher Fehler. Dem Innenmi-nister, Waldemar vom Wotansgrund, wurde übel, wenn er an die vielen boshaften Sottisen dachte, die er leichtsinnig heraustrompetet hatte. Wenn man ihm nur keinen Strick draus drehte. Scheußli-che Lage. Sein politisches Leben und das vieler an-derer schien in der Hand des als wankelmütig und extrem nachtragenden Kanzlers zu sein....

Die Stimmung des Innenministers erreichte dann ihren endgültigen Tiefpunkt, als sein Staatssekretär erschien und eine dringende Unterschrift forderte. Was konnte an dem Tag nach diesem Mehlspeisen-Waterloo so wichtig sein, dass es seiner persönli-chen Zustimmung bedurfte? Doch der Bericht des Staatsekretärs ließ ihn schnell aufhorchen. Es ging um ein Ermittlungsverbot. Das verhängte man nicht alle Tage.

„Handelt es sich um den gleichen Beamten, den wir erst kürzlich von Wien nach Berghausen ausge-lagert haben?"

„Ja, Herr Minister. Es ist dieser Leopold Gruber."

„Schau, schau, schau... Dieser lästige, siebenge-scheite Schlaumeier. Er hat vor einem halben Jahr eine Menge Staub aufgewirbelt mit seinen Schnüf-feleien um die *Austro-Bau-GmbH*". Und wie macht er sich denn so im österreichischen Outback?"

„Ich glaube, der ist jetzt endgültig überge-
schnappt. Hat einen wirren Bericht geschickt über
Monsterhühner, die nachts im Franz-Joseph-Wald
herumflattern. Eines wäre ihm ins Auto gelaufen
und der Wagen sei so gut wie kaputt. Also, er will
Schadenersatz und Verstärkung für mehr Nachforschungen."

„Aha. Was machen wir denn am gescheitesten?"

„Damit er sich nicht unnötig aufregt und vielleicht
noch die örtliche Presse einschaltet, sollten wir ihm
die Reparaturkosten unbürokratisch und vor allem
sehr großzügig ersetzen. Er ist bekennender Auto-
narr."

„Gute Idee. Dann ist erst mal die Wut weg. Aber
Verstärkung kriegt er nicht. Im Gegenteil: Er soll
aufhören, weiter in dieser Richtung zu ermitteln. Hat
der denn nichts anderes zu tun?"

„In so einem Kaff ist meistens nicht viel los, Herr
Minister."

„Dann müssen wir halt dafür sorgen, dass dort
was los ist. Verstanden?"

„Genial, Herr Minister!"

„Brav. Also, wo soll ich unterschreiben?"

Der Brief wurde wegen besonderer Dringlichkeit
einem Kurier anvertraut. Der würde das Schreiben

dem Empfänger innerhalb einer Stunde aushändigen. Damit wäre es Leopold offiziell verboten, weiter zu ermitteln. Außerdem wurde er unter Androhung diverser dienstrechtlicher Konsequenzen zu einem strikten Stillschweigen vergattert.

Der Innenminister fühlte sich erleichtert. Wenn diese Geschichte wahr war – und er zweifelte nicht daran, denn dieser Leopold Gruber ermittelte und recherchierte bekanntermaßen absolut fehlerfrei und mit unwiderlegbarer Logik – dann hatte der Kanzler jetzt auch ein Problem. Ein Leck sozusagen im Hochsicherheitslabor. Wer weiß, was da außer diesen riesenhaften Hühnern noch alles kreuchte und fleuchte – und vielleicht entwischte. Und schon hatte der Innenminister einen Plan.

Er teilte dem Staatssekretär mit, dass er für ein paar Tage seine Mutter in ihrem slowenischen Altenheim besuchen müsse. Es ginge um das Übliche: Pflegekram und Erbschaftsangelegenheiten. Schon lange geplant und überfällig. Der Staatssekretär möge ihn für die Zeit einfach vertreten. Dieser war kein Dummkopf und nickte stumm. Dachte sich eine Menge dabei.

Eine halbe Stunde später waren der Innenminister und Knut Papenbeck, der Chef des österreichischen Geheimdienstes, bereits unterwegs nach Berghausen. Intensiv diskutierten sie darüber, wohin und wie weit die Vermutungen Leopold Grubers sich entwickeln mochten. Eins war beiden klar: Nach dem Medienhype über das österreichische Riesenei und den Kanzlerkaiserschmarrn war am Wahrheitsgehalt von Grubers Bericht über den Zusammenstoß mit Riesenhühnern kein Zweifel möglich.

9.　　13:15 Uhr

Die Pension „Sonnenschein".

In der Pension Sonnenschein, die um diese Jahreszeit nicht gerade unter Überbelegung litt, freute man sich über jeden Gast. Josephine Kandler, die matronenhafte Inhaberin, war hochzufrieden. Was ihrer Kleinunternehmerseele besonders wohltat: Bei der gestrigen Reservierung (telefonisch aus Wien!) wurde weder nach dem Preis gefragt, noch knickerig gefeilscht, Die Auftraggeberin, die wie sie sagte, aus politischen Gründen inkognito bleiben müsse, verlangte ein gemütliches und geräumiges Zimmer mit Balkon. Nicht für sie selbst. Nein, sie buche es für eine herzensgute Freundin, eine gewisse Hermine Bradel, übrigens eine passionierte

Pilzsucherin und famose Kartenspielerin, die für einige Zeit in der schönen Gegend so einer Art Sommerfrische machen wolle. Bezahlung im Voraus und bar, selbstverständlich.

Hermines sonnigem Naturell und Frau Kandlers Leutseligkeit war es zuzuschreiben, dass die beiden Damen bereits kurz nach Mittag zusammen beim Kartenspiel saßen. Gemütlich im Kandler'schen Biedermeier-Stübchen, umgeben von unzähligen Wandtellern, goldgerahmten Familienbildern, tickenden Uhren, gehäkelten Deckchen auf Tisch und Stühlen, sowie weiteren Erinnerungsabsonderlichkeiten aller Art aus Gips, Plüsch, Keramik und Plastik.

Als Krönung nach dem Kaffee plus Guglhupf (selbstgebacken, wie Frau Kandler verschwörerisch und jungmädchenhaft errötend erklärte) gab es Marillenlikör. Und dessen wahre Fülle an Geschmack und Aroma erschlösse sich nicht vor dem dritten Gläschen, ermunterte Josephine Kandler ihren Gast Hermine zum Gläschen Nummer Zwei. Die Damen stießen auf „Wohlergehen und Gesundheit" an und es war nur natürlich, dass man sich danach duzte. Josephine ließ nicht unerwähnt, dass Hermine die Erste sei, der sie diese Ehre schon am Tag der Ankunft erweise. Ein Kompliment, reserviert nur für Gäste der allerersten Kategorie an Wertschätzung. Kein Wunder, dass die Stimmung rasch mehr als nur großartig war. Sie entwickelte sich zu einem verheißungsvollen Aufflammen verschiedenster Illusionen in herzerwärmendem Rosarot und verwandelte so lange verschwiegene und in tiefsten Herzensgründen dümpelnde Seelengeheimnisse in einen lebhaft plätschernden Quell der Mitteilsamkeit mit der Tendenz zu alsbald überschäumenden Seelenergüssen... Da Frau Kandler seit langer Zeit verwitwet und deshalb viel alleine war, tat es ihr gut, endlich mal jemand zum Schwatzen bei sich zu haben. So erfuhr Hermine schon am ersten Tag so gut wie alles über Berghausen und dessen Bewohner.

„... Und stell' Dir vor Hermine, gestern wäre um ein Haar der ganze Ort in Flammen gestanden. Und das nur wegen dieser exzentrischen Hobbygärtnerin aus Hamburg. Ihr Gewächshaus soll explodiert sein. Weiß der Teufel, was die dort treibt. Aber das ist nicht alles. Seit im Wald diese seltsame Sportakademie betrieben wird, geschehen allerlei Merkwürdigkeiten. Nachts fahren immer wieder Autos mit verhängten Seitenscheiben hin. Die Anlage ist natürlich Tag und Nacht streng bewacht. Da kommt keiner ungebeten rein. Dazu haben wir seit einiger Zeit einen aus Wien strafversetzten Polizisten, einen gewissen Leopold Gruber. Ein sehr fescher Mann. Weiß der Teufel, was der ausgefressen hat. Dem traue ich alles zu. Strafversetzt! Ich bitte Dich, da muss man schon ordentlich was auf dem Kerbholz haben. Man munkelt, dass er ein

Auge auf die Explosionsbotanikerin geworfen hat. Er hat sich in der „Linde" einquartiert. So kann er ihrem verführerischen Sirenen-Gesang lauschen, denn sie ist Mitglied im Chor, der dort jeden Mittwoch im Hinterzimmer übt. Ja mein Gott, wo halt die Liebe hinfällt, liebe Hermine. Gott sei Dank, dass wir beide über derlei Kindereien schon hinaus sind…"

Josephines Redefluss wurde unterbrochen. Eins ihrer Zimmermädchen erschien und meldete, dass „zwei Herren" angekommen seien. Die Art, wie sie das Wort „zwei Herren" intonierte, ließ Frau Kandler aufhorchen. Sie erfuhr gleich mehr: Wiener Autonummer, teures Auto und offensichtlich zwei sehr gut situierte Herren. Beide um die fünfzig. Garderobe tipp-topp, beste Umgangsformen. Allein. Josephine verabschiedete sich von Hermine. Die Woche schien sich geschäftlich gut zu entwickeln. Die Gästebeschreibung von Rasnicia, so hieß das kroatische Stubenmädchen, hatte in Frau Kandlers Unternehmerseele eine ziemlich genaue Vorstellung vom weiteren Verlauf ihrer Einnahmen entstehen lassen. Inbrünstig und im Vergleich zu des Kanzlers Kaiserwalzergeschnatter vom Vortag hochmusikalisch ein Wiener Küchenlied summend, entschwebte sie dem vom Marillenschnapsaroma durchwaberten Biedermeier, um die neuen Gäste willkommen zu heißen. Und Hermine nahm sich vor, den bereits fortgeschrittenen Nachmittag für erste Eindrücke zu nutzen. Sie holte ihr Fahrrad aus dem Holzschuppen der Pension, um den Ort und seine Umgebung zu erkunden.

10.   14:10 Uhr

<u>Chor sucht Tenor.</u>

Der Gasthof „Linde" – ein imposant altmodisches Gebäude am südlichen Ortsrand von Berghausen - war wie durch ein geheimnisvolles Wirken allerlei Umstände vom sonst grassierenden Wirtshaussterben der Region verschont geblieben. Die Gebrüder Matthias und Sebastian Hopfenmoser, Junggesellen im besten Alter, hatten nach eigenen Angaben wegen permanenten Zeitmangels das Heiraten irgendwie versäumt. Das erlaubte es ihnen, unbehindert von familiären Verpflichtungen, sich mit Leib und Seele dem Fortbestand und Gedeihen des seit 350 Jahren existierenden Gehöftes zu widmen. So hatten sie den ererbten Familienbesitz klug und umsichtig, wenn nicht zu einem gastronomischen Paradies, so doch auf jeden Fall zu einer weithin bekannten Perle des guten Geschmacks und der gepflegten Gastlichkeit gemacht. Bodenständig und perfekt, das war einer ihrer Grundsätze. Beide Brüder hatten von der früh verstorbenen Mutter einen unstillbaren Hang zu feingeistiger Bildung, Musik und Literatur mitbekommen. Vom Vater die Kunst des Wirtschaftens. Das Ergebnis: Die „Linde" stand prächtig da.

Aus dem ehemaligen Kuhstall war ein schöner Saal geworden, den sowohl die örtliche Laienspielgruppe, der Kirchenchor, die Musikschule als auch die vielen anderen Vereine gerne benutzten.

Heute war Chorprobe. Der Anfang – Beginn stets 14:00 Uhr - zögerte sich allerdings hinaus. Der einzige Tenor fehlte. Ein noch nie dagewesenes Ereignis, denn er gehörte zu den Gründungsmitgliedern und war wegen seiner Sangeskunst nicht nur im Chor sehr gefragt, sondern auch rein privat sehr beliebt. Adelgunde, seit kurzem die dramatische Sopran-Basis des Chores, fackelte nicht lange. Sie machte sich auf den Weg nach Zimmer einhundertfünfzehn, wo, wie sie wusste, Leopold Gruber untergebracht war. Sie hoffte, dass er irgendwie helfen könnte.

An seinem Gesichtsausdruck konnte sie erkennen, dass er hochgradig gereizt und wütend war. Kein Wunder, denn er hatte Punkt 12 Uhr per Sonderkurier den Brief aus dem Wiener Innenministerium erhalten. - Was dachten sich diese ministeriellen „Sesselfurzer" eigentlich? Ihm einen Maulkorb

zu verpassen war genauso albern, wie einen im At-
lantik treibenden Eisberg mit dem Föhn zu ent-
schärfen. Und außerdem hatte er als Beamter einen
Eid nicht nur auf die Verfassung, sondern auch einen Amtseid abgelegt. Und über allem thronend
gab es das Grundgesetz, welches auch seine
Rechte schützte. Was sich keineswegs vertrug mit
einer warum auch immer von ihm erwarteten devo-
ten Untertanenmentalität aus irgendeinem Ministerium oder Präsidium. So bewirkte der Brief aus
Wien das genaue Gegenteil dessen, was Innenminister Waldemar vom Wotansgrund sich ausgemalt
hatte. Leopold sah sich grundsätzlich bestätigt. Ihm
war nun sonnenklar, dass er mit seinen Mutmaßun-
gen genau richtig lag. Die in Wien konnten ihn mal!
Und zwar kreuzweise und spiralförmig! Jetzt würde
er dieser mysteriösen Geschichte mit den Riesenhühnern erst recht auf den Grund gehen.

Und nun stand zu seiner völligen Überraschung
Adelgunde van Ristenkamp vor ihm. Seine Miene
hellte sich beim Anblick seiner blonden Göttin merklich auf. Während es aus Adelgunde herausspru-
delte und sie die Unentbehrlichkeit des Tenors für
den örtlichen Chor betonte, stiegen in ihm höchst
merkwürdige Gefühle empor und ihm wurde blitzar-
tig klar, dass Adelgunde genau das war, was er
schon lange vermisste. Mit einem Schlag war Wien
weiter entfernt als die nächste Galaxie im All. Um
nicht völlig die Kontrolle wegen seiner aufwallenden

Liebesgefühle zu verlieren, fragte er routinemäßig das Übliche. Aber ganz bei der Sache war er nicht. Als aber Adelgunde am Ende ausführte, dass es Herrn Krainauer gar nicht ähnlich sähe, einfach zu fehlen, wurde Leopold hellwach.

„Wissen Sie den Vornamen, Adelgunde?"

„Soviel ich weiß Johann."

„Meinen Sie den Automechaniker?"

„Genau den."

Leopold sprang auf. In ihm schrillten alle Alarmglocken.

„Kommen Sie, rasch", forderte er Adelgunde auf. Beide eilten hinunter, sprangen in Adelgundes Auto und fuhren zu Krainauers Wohnung. Wie vermutet, hatte das Betätigen der Hausklingel keinerlei Erfolg. Stille. Ruhe. Leopold sah sich um. Dann zog er seine Spezialschlüssel hervor, bemerkte lächelnd einen aufmunternden Blick von Adelgunde und wenige Sekunden später waren beide im Inneren von Krainauers Zuhause. Dort sah es wüst aus. Offensichtlich war die Wohnung durchsucht worden. Und von Johann Krainauer keine Spur.

„Ich fürchte, der Chor muss heute ohne seinen Tenor auskommen", meinte Leopold. Adelgunde nickte. Sie war merklich bleich geworden und in Leopold erwachte automatisch der Beschützer. Beruhigend legte er den Arm um sie. Eine Geste, die sie nicht abwehrte. Die sie aber so auslegte, als wolle er damit verhindern, dass sie sich in der Wohnung umsähe und dadurch Spuren verwischte. Er nahm Adelgunde das Versprechen ab, niemandem zu erzählen, was sie in der Wohnung gesehen hatte. Man habe Herrn Krainauer nicht angetroffen, das war alles, was man erklären würde. Es war Leopold natürlich klar, dass damit keineswegs wüste Spekulationen über den Verbleib des Tenors verhindert werden konnten. Ein Ort von der Größe Berghausens war zwangsläufig auch eine Brutstätte von allgemeinem Klatsch und Tratsch. Leopold fuhr mit Adelgunde zurück zur „Linde". Heute lag ihm nichts daran, wie sonst in seinem Zimmer ihrem Sopran zu lauschen. Es gab jede Menge Arbeit für ihn. Er musste sich sofort auf Spurensuche begeben. Und zwar in Krainauers Werkstatt ebenso, wie in dessen Wohnung. Er wollte sich zunächst die „Auto-Klinik Berghausen" vorknöpfen. Für alle Fälle zog er seine Uniform an und benutzte auch in seinen offiziellen Dienstwagen, damit nicht irgendein Schlaumeier auf falsche Ideen käme.

11.   15:00 Uhr

Die österreichische Kampfkartoffel.

Die sechs Limousinen aus dem Autohaus „Obermeier & Co." waren, gelenkt von den uns schon bekannten sechs jungen Männern, in einem lockeren Konvoi zum Franz-Joseph-Wald gefahren. Inzwischen war jedes Auto voll besetzt mit Personen, welche an vereinbarten Stellen zugestiegen waren. Schon bald erreichte man das Ziel: Es war jenes geheime Staatsinstitut, in welchem Hannelore, die Frau des Kanzlers, ein Edelbordell vermutete. Sehr zu Unrecht, wie sich noch herausstellen wird. In diesem als Sportkaderschmiede getarnten Gebäudekomplex wurden höchst brisante, gefährliche und deshalb strengstens geheimgehaltene Gen-Versuche durchgeführt. Die sechs jungen Männer waren sportliche Strohmänner. Offiziell trainierten sie Zehnkampf für die nächsten olympischen Spiele. Ein wirklicher Kenner dieser Sportart hätte aber rasch erkannt, dass der dabei betriebene Trainingsaufwand höchstens ausgereicht hätte, um bei einem der üblichen regionalen Wettbewerbe nicht gleich in der allerersten Qualifikation auszuscheiden. Die sechs Jungs arbeiteten im Hochsicherheitslabor mit und waren außerdem als Security-

Crew für den als unwahrscheinlich eingestuften Fall vorgesehen, dass jemand es bis ins Innerste des Genlabors schaffen sollte.

Selbstverständlich wurden die bei „Obermeier & Co" ausgeliehenen Limousinen in der Tiefgarage geparkt. Vorsicht und Diskretion waren hier alles. Mit einem Aufzug fuhren die Neuankömmlinge zwei Etagen tiefer, ins Herz einer ungeheuerlichen Verschwörung. Dazu waren drei Schleusen mit peniblen Sicherheitschecks zu überwinden. Alles funktionierte reibungslos und ohne die geringste Spannung oder Nervosität bei den Beteiligten zu erzeugen. Kein Wunder, denn nach einer fast zweijährigen Praxis in den Labors des geheimen Instituts war derlei für alle Mitarbeiter und Unterstützer eine bestens funktionierende Routine. Das umso mehr, als es noch niemals auch nur die geringste Panne gegeben hatte. Ein Beweis, wie professionell hier alles organisiert war.

Als die Neuankömmlinge den Besprechungsraum betraten, drängten sich darin bereits etwa 50 Personen. Es herrschte hör- und sichtbar absolute Hochstimmung. Professor Adolf von Schönborn, der leitende Biologe, imitierte zusammen mit seinem Ersten Assistenten, Dr. Maximilian Quittenhausen, zum allgemeinen Gaudium gerade den Kanzler, wie der zusammen mit dem rumänischen Koch Radomir Ivanescu den Kaiserschmarrn fabrizierte.

Auf dem Höhepunkt der allgemeinen Belustigung erschien – grotesk verkleidet als Maria Theresia – der Kultusminister und keifte:

„Saubande, demokratische! Wie könnte ihr es wagen, meinen wunderschönen Barocksaal zu entehren. Wenn ich auch nur den geringsten Butterschmalzrest oder Kaiserschmarrnbrösel auf dem Parkett entdecke, dann lasse ich alle verhaften und in die Walachei verbannen!"

Der Raum erzitterte unter wieherndem Gelächter. Adolf von Schönborn beendete mit einer Handbewegung die kabarettistische Darbietung und kam rasch zur Sache:

„Meine lieben Mitstreiter. Nach vielen Jahren intensiver Arbeit und Bemühungen sind wir jetzt nur noch wenige Tage und Stunden vom wahren Ziel unserer Bemühungen entfernt. Dieses Ziel ist – wie Sie alle wissen – das Wiedererstarken Österreichs. Aber wir wollen nicht nur ein stärkeres Österreich. Nein, wir wollen ein wesentlich größeres Österreich und wir wollen vor allem auch wieder einen Kaiser. Wir erstreben die Wiederherstellung des habsburgischen Reiches und zwar von der Größe und Ausdehnung des 19. Jahrhunderts. Da wir nun – dank unserer Genversuche - auch die erforderlichen militärischen Druckmittel in der Hand haben, werden wir noch heute den Tag bestimmen, an dem wir losschlagen. Heil Österreich!!!! Und noch eins, meine lieben Freunde: Selbstverständlich weiß der Kanzler davon rein gar nichts. Zur Ablenkung haben wir ihm die eher zufälligerweise entwickelten großen Hühner präsentiert. Während also der ahnungslose Kanzler und sein Kabinett sich am Erfolg des Kaiserschmarrn und des österreichischen Wunderhuhns berauschen, werden wir das österreichische Kaiserreich wiedererstehen lassen, und das ist weiß Gott kein Kaiserschmarrn!"

Tosender Applaus. Von Schönborn gebot Ruhe.

„Ich darf Sie nun alle bitten, die bereitliegende Schutzkleidung anzulegen und mir zu einer Demonstration in Raum 13 zu folgen. Dabei können Sie sehen, dass wir nun dank der Genmanipulationen an Pflanzen über furchteinflößende Druckmittel verfügen. "

Was dann zu sehen war, verschlug allen den Atem. Man sah ein umzäuntes Feld und darin neben allerlei Aufbauten aus verschiedenen Materialien wie Stahl, Blech, Mauern und Gerätschaften aller Art auch ein paar kleine Grünpflanzen. Es handelte sich, wie Schönborn erklärte um fünf Kartoffelsetzlinge. Aber beileibe wären es keine normalen Kartoffeln, sondern genetisch veränderte, monströse Furien, wie man noch sehen werde. Diese Kartoffeln könnte man getrost als österreichische Kampfkartoffeln bezeichnen. Ihr Erbgut sei so manipuliert, dass sie, einmal aktiviert, mit rasender Geschwindigkeit wüchsen und zwar horizontal und dabei alles nicht nur überwucherten, sondern zur Gänze vernichteten. Ganz egal ob Holz, Stein, Eisen oder Stahl, nichts bliebe übrig. Selbstverständlich könne kein Organismus – auch nicht der von Menschen – der Kampfkartoffel widerstehen. Wie bei einer Rakete könnte man die Richtung, in die ein Angriff erfolgen sollte, per Kompass genau bestimmen. Und auch die Dauer. Denn man wolle ja nicht nach einer Erdumrundung der österreichischen Kampfkartoffeln als letztes Opfer selber an der Reihe sein. Schönborn lachte meckernd und höhnisch. Was er allerdings verschwieg: War die sogenannte österreichische Kampfkartoffel einmal programmiert und gestartet, konnte an den wichtigsten Parametern wie Geschwindigkeit, Zeit und Richtung nichts mehr geändert werden.

Von Schönborn erklärte den Versuch. Die Kampfgeschwindigkeit der Kampfkartoffeln sei in diesem Fall auf 10 km pro Stunde gedrosselt. Die Zeit: 10 Sekunden. Das ergäbe nach Adam Riese eine Strecke von etwa 27 Metern. Als Kurs wurde 90 Grad festgelegt. Schönborn ergriff ein Telefon und sprach:

„Bitte wie besprochen Versuch 1358 starten. Noch einmal die Parameter: Geschwindigkeit 10 Km/H, Zeit 10 Sekunden. Kurs 90 Grad."

Nun sahen alle das Unfassbare. In Bruchteilen von Sekunden wucherten die Kartoffelpflanzen auf eine Höhe von etwa fünf Metern und setzten sich gleichzeitig in Bewegung. Nach der angegebenen Zeit kamen sie zum Stillstand und schrumpften sofort wieder auf ihr Normalmaß von etwa 40 cm Höhe. Sämtliche Hindernisse waren verschwunden. Zu Nichts geworden... Die Erde, welche die Kampfkartoffeln überwuchert hatten, war schwarz gefärbt und wie in einem Höllenszenario stieg Rauch auf.

Unter den Zuschauern brach frenetischer Jubel aus. Man sank sich gratulierend in die Arme und gab sich hemmungslosen Gefühlsausbrüchen hin. In dem Moment heulte eine Sirene auf. Alle schraken zusammen und schwiegen. Eine Stimme aus dem Lautsprecher meldete kühl und klar:

„Achtung, der Bundeskanzler, der Landwirtschaftsminister und zahlreiche Medienleute sind vorgefahren."

Nun zeigte Professor Schönborn seine bewährten Führungsqualitäten. Ohne das geringste Zeichen von Nervosität sagte er kurz und prägnant:

„Kein Grund zur Beunruhigung, meine Herren. Wie schon oft geübt tritt Plan A 13 in Kraft. Verlassen Sie das Demonstrationsfeld und begeben Sie sich geordnet an Ihre Arbeitsplätze in den Labors 5 und 6. Ich selbst werde den Kanzler begrüßen. Sicher will er die sagenhaften Hühner besichtigen.

Und wir wollen ihm doch nicht die Freude verderben am gestrigen Regierungs-Kaiserschmarrn aus dem sensationellen Riesenei, oder?"

Im Nu leerte sich der Raum Nummer dreizehn. Zischend schlossen sich die gepanzerten Schiebetüren. Ein wuchtiges Regal wurde davor davorgeschoben und schon war der Zugang zu so gut wie unsichtbar. Der Kanzler konnte kommen.

12.   15:15 Uhr

Radtour zu den Blitzbonsais.

Mit dem wonnigen Gefühl einer passionierten Hobbyradlerin fuhr Hermine bei schönstem Wetter durch Berghausen. Zunächst machte sie einen Abstecher zum Anwesen von Frau van Ristenkamp.

Josephine Kandlers Erzählung von der Gewächshausexplosion hatte starken Eindruck auf Hermine gemacht und natürlich ihre Neugier geweckt. Denn sie konnte sich beim besten Willen nicht vorstellen, wie und vor allem warum ein Gewächshaus explodieren konnte. Schon war sie an der von Josephine genannten Adresse angelangt: Albert-Schweitzer-Straße Nr. 89. Allerdings wirkten Villa und Garten sehr verlassen und das geheimnisvolle Gewächshaus war zu Hermines Leidwesen von der Straßenseite aus nicht einsehbar. Also radelte sie weiter zur Ortsmitte. In der Apotheke „Zum Goldenen Huhn" kaufte sie ein Mittel gegen Insektenstiche, denn sie konnte sich vorstellen, dass es im Wald bei der fingierten Schwammerlsuche von diesen Plagegeistern nur so wimmelte.

Da es bei Hermine mit dem Landkartenlesen und der Orientierung ziemlich haperte, ließ sie sich vom Apotheker Dr. Felix Abendtau die Gegend erklären. Dessen sachkundige aber ungemein ausschweifende Beschreibung war für Hermine nichts anderes als die sogenannten böhmischen Dörfer und verwirrten ihren Orientierungssinn mehr als dass sie ihn gefördert hätten. Aber so viel hatte sie immerhin begriffen:

Sie müsse zurück in die Albert-Schweitzer-Straße und dieser dann folgend in Richtung Westernkoben radeln. Nach etwa acht Kilometern („Sie haben doch sicher einen Fahrradcomputer, Gnädige Frau") also noch vor der genannten Ortschaft zweige rechts ein Feldweg ab und dieser führe direkt in den Franz-Joseph-Wald. Dort gäbe es die schönsten Pilze aller Art. Auf keinen Fall solle sie die zweite Abzweigung nehmen, denn diese führe sie in die Irre, genauer gesagt, das sei die Zufahrt zu einem Sportinstitut und man sähe dort nicht gerne ungebetene Gäste. Sicher wollten die dort trainierenden Zehnkämpfer ihren Übungsablauf unter Ausschluss der Öffentlichkeit betreiben.

„Heutzutage wird ja alles und jeder ausspioniert, meine Liebe", floss Dr. Abendtau's Redestrom fort. „Gehackt wird alles und jeder und man kann sich lebhaft vorstellen, dass beim Sport, wo es ja auch um viel Geld gehe, derlei Usancen gang und gäbe sind."

Hermine nickte brav. Da sie weder Handy noch PC besaß – sie erledigte ihren umfangreichen Briefwechsel immer noch per Schreibmaschine, allerdings elektrisch – sagte ihr der Ausdruck „hacken" gar nichts. Der redselige Apotheker hatte ihr aber, ohne es zu ahnen, einen für sie sehr wichtigen Tipp gegeben. Sie würde also die zweite Abzweigung nehmen und käme so rascher ans Ziel: Den Nachforschungen über das vermutliche Lotterleben des Kanzlers im geheimen Institut. Sie rieb sich sorgfältig mit dem Insektenschutzmittel ein, verabschiedete sich fröhlich vom Apotheker und radelte zurück in die Albert-Schweitzer-Straße.

Zu ihrer Überraschung parkte dort jetzt ein großes Auto und eine für Hermines Empfinden ziemlich vornehme Dame mühte sich sichtlich ab, einige Kanister aus dem Kofferraum des Autos zu hieven. Hermine war grundsätzlich außerordentlich hilfsbereit. Sie hielt also an und fragte:

„Brauchen Sie Unterstützung meine Liebe?"

Adelgunde sah überrascht auf und meinte:

„Aber gerne, Sie kommen ja wie gerufen."

Hermine lehnte ihr Fahrrad an den Gartenzaun und schon holte sie zusammen mit Adelgunde van Ristenkamp die restlichen Kanister aus dem Kofferraum des Autos. Die beiden Damen verteilten die Eimer auf zwei Sackkarren und schon ging es los. Wie Hermine insgeheim gehofft hatte, Richtung Gewächshaus.

„Ich warne Sie gleich vor, denn im Gewächshaus sieht es derzeit wild aus. Ich experimentiere dort mit verschiedenen Substanzen, um jede Art von Pflanzen in kürzester Zeit auf Bonsai-Größe zu schrumpfen und gestern ist dabei ein kleines Malheur passiert. Beim Versuch mit einer neuen Tinktur gab es eine Verpuffung."

„Wieso wollen Sie denn unbedingt Bonsais herstellen?"

„Weil man damit sehr viel Geld verdienen kann, vorausgesetzt, man hat erfolgreich experimentiert und kann die Produktion im großen Stil betreiben."

„Also ich habe das gegenteilige Problem. Mein Gummibaum will einfach nicht wachsen trotz aller Bemühungen."

Adelgunde lachte:

„Ja die Gummibäume wachsen nur unter tropischen Bedingungen wirklich gut. Das heißt: Immer fünfundzwanzig Grad und viel Feuchte. Ich persönlich bin der Ansicht, dass die Gummibäume in unseren Breitengraden aussehen, als stünden sie kurz vorm Selbstmord."

„Mit tropischen Bedingungen kann ich in meiner Wiener Altbauwohnung nicht aufwarten. Aber inzwischen habe ich mich so an meinen armseligen und mageren Gummibaum gewöhnt, dass ich ihn nicht mehr vermissen möchte. Allerdings würde mir so ein Bonsai schon auch gefallen."

„Darf ich Ihnen für Ihre Hilfsbereitschaft einen meiner ersten Blitz-Bonsais als Geschenk machen?"

Damit war Hermine Besitzerin einer Miniatur-Kastanie. Der Topf wurde im Schwammerl-Korb verstaut und dann machte Hermine sich auf in den Franz-Joseph-Wald. Eine Einladung Adelgundes für die nächsten Tage auf einen Kaffee nahm sie gerne an. Und Adelgunde würde Hermine bei der Gelegenheit ihre Fortschritte bei der Bonsaiproduktion demonstrieren. Hermine war hocherfreut, dass sie jetzt ein zweites Betätigungsfeld außer der Überwachung des Kanzlers hatte. Es drohte keinerlei Langeweile in der ländlichen Provinz. Sie machte sich auf den Weg zum obskuren „Institut".

13.   15:30 Uhr

Unglück zum Dreizehnten.

Leopold Gruber hatte die Untersuchung von Johann Krainauers Auto-Klinik beendet. Er hatte zwar einiges herausfinden können, stand aber insgesamt vor neuen Rätseln:

Sein Auto war den Spuren nach mit einem großen Anhänger weggeschafft worden. Die Suche nach dem verschwundenen Automechaniker verlief ergebnislos, allerdings machte Leopold eine unerwartete Entdeckung. Unter Krainauers riesengroßem Schreibtisch entdeckte er eine Bodenluke, die in einen Kellerraum führte. Und dort fand Leopold zu seinem großen Erstaunen in mehreren Regalen eine Anzahl von Hochleistungscomputern. Dazu Antennen und jede Menge Ausspähgeräte von der einfachen Wanze bis zum hochsensiblen High-Tech-Equipment. Die Frage war: Wusste Johann davon? Wenn nicht, wer benutzte sonst den Raum für seine Zwecke? Und wer wurde ausgespäht? Leopold konnte sich keinen Reim darauf machen. Da sein Leben bis auf die Benutzung seines Mobiltelefons insgesamt eher analog geprägt war, brauchte er nun die Unterstützung seines langjährigen Freundes Franz-Xaver Wondracek.

Der war ein genialer IT-Fachmann und gottbe-gnadeter Elektronik-Bastler. Zum Glück war Franz-Xaver erreichbar und versprach, am nächsten Tag mit seiner Harley-Davidson-Maschine nach Berg-hausen zu fahren.

Leopold verließ den Kellerraum, verschloss vor-sichtig die Luke und setzte sich an den großen Schreibtisch von Johann Krainauer. Er dachte an-gestrengt und intensiv nach. Was war bisher ge-schehen? Große Hühner waren ihm nachts ins Auto gelaufen. Am nächsten Tag hatte er zusammen mit Johann Krainauer im Bodenblech seines BMW große Federn und auch Blutspuren entdeckt. Womit klar war, dass es diese Hühner wirklich gab. Aller-dings wussten zu diesem Zeitpunkt nur er und der Automechaniker von dieser Tatsache. Es sah dem-nach so aus, als hätte jemand versucht, diese Be-weise umgehend verschwinden zu lassen. Denn erst seit dem PR-Gag aus dem Maria-Theresia-Saal mit des Kanzlers Kaiserschmarrn war für je-dermann bekannt geworden, dass in einem öster-reichischen Staatslabor solche Hühner gezüchtet wurden. Seltsames, gemischt mit Unbekanntem, ging Leopold durch den Kopf. Welche Wahrheit sollte hier verschleiert werden? Und von wem? Da ergriff ihn eine neue Idee. Er schlug sich mit der Hand an die Stirne und wunderte sich, warum er nicht schon früher daran gedacht hatte: Was war mit den Unfallhühnern geschehen? Waren sie tot oder verletzt und wenn ja, wo befanden sie sich? Schlagartig wurde ihm klar, dass er das herausfinden musste.

Vorsichtig verließ er die Auto-Klinik und setzte sich in sein Auto. Er wendete und fuhr Richtung Westernkoben. Allerdings wurde seine Geduld bald auf eine harte Probe gestellt, denn vor ihm fuhr ein schwarzer Mercedes mit Wiener Kennzeichen. Und zwar so langsam, dass sich auf Leopolds Stirn rote Unmutsflecken bildeten. Typische Wiener Sonntagsfahrer dachte er sich. Die kennen sich nicht aus und halten andere nur auf mit ihrem Schlendrian. Da die Straße zu einem gefahrlosen Überholvorgang zu schmal war, bezwang Leopold seine Ungeduld und hielt ausreichend Abstand. Zu seiner Überraschung bog der Mercedes nun in jene Straße ein, die zu dem auch Leopold bekannten Sport-Institut führte. Dann ging alles sehr schnell. Aufleuchtende Bremslichter und quietschende Bremsen. Johann beschleunigte sein Auto und kam gerade an, als sich die beiden Türen des Wiener Autos öffneten. Zwei Männer sprangen heraus und eilten auf eine am Boden liegende Radfahrerin zu. Das Unfallopfer war niemand anders als Hermine Bradel. Sie rappelte sich auf und rief erbost:

„Sie sind mir auf der falschen Seite entgegengekommen und jetzt ist mein Rad kaputt!"

Der Innenminister und der Chef der Abwehr standen da wie begossene Pudel. Und der Innenminister dachte gerade daran, dass er zu seinem Staatssekretär in Wien noch gesagt hatte „dann müssen wir dafür sorgen, dass dort was los ist", und jetzt war was los. Allerdings ganz anders als erwartet. Und es kam noch schlimmer. Ein uniformierter Polizist tauchte unvermittelt auf und sagte um breitesten Wiener Dialekt:

„Ein Unfall. Na Servus, Herrschaften. Da komme ich ja gerade recht. Dann wollen wir mal. Bitte die Fahrzeugpapiere und die Ausweispapiere vorzeigen."

Innenminister und Abwehrchef tauschten konsternierte Blicke aus und kramten nach dem Verlangten. Leopold bemühte sich inzwischen um Hermine. Außer kleineren Abschürfungen an den Knien und den Händen war ihr gottlob nichts passiert. Auch sie reichte ihm ihren Ausweis und rief:

„Herr Polizeimeister, ich bin garantiert unschuldig. Der Wagen ist zu weit links gefahren und direkt auf mich geprallt."

„Die Beweislage ist sonnenklar, verehrte Frau Bradel. Das sieht ja ein Blinder, dass Sie an dem Unfall unschuldig sind. Darf ich trotzdem fragen, was sie in der Gegend machen?"

„Ich war beim Schwammerl suchen, Herr Polizeimeister."

„Und, haben Sie was Schönes gefunden?"

„Leider noch nicht. Es wird auch schon bald dunkel, da wollte ich heimradeln. Ich wohne in einer Pension in Berghausen. Aber wie komme ich jetzt heim, mein Fahrrad ist ganz demoliert."

„Da finden wir schon eine Lösung, gnädige Frau."

Leopold wandte sich an Waldemar vom Wotansgrund und Knut Papenbeck und überprüfte deren Papiere. Die waren in Ordnung. Allerdings machten die beiden einen höchst nervösen Eindruck. Leopold wurde argwöhnisch. Und sein Misstrauen erwies sich als richtig. Der Innenminister bat ihn nämlich beiseite und flüsterte:

„Hören Sie, Herr Polizeimeister. Mein Begleiter und ich sind in einer höchst wichtigen Angelegenheit unterwegs und darum ziemlich in Eile. Das mit dem Unfall tut uns selbstverständlich leid. Der Frau ist zum Glück nichts passiert. Können wir das Ganze nicht unbürokratisch erledigen?"

Leopold war unangenehm berührt:

„Wie meinen sie das mit unbürokratisch?"

„Na ja, wir ersetzen der Dame selbstverständlich das Rad, zahlen ihr ein großzügiges Schmerzensgeld und vergessen die Sache."

„Na Sie haben ja Nerven! Die Sache vergessen. Das geht auf keinen Fall. Unfall ist Unfall. Ich als Beamter muss mich an die Vorschriften halten. Wo kämen wir denn hin, wenn jeder sich das Recht nach seinen Bedürfnissen zurechtschustert. Wir sind doch nicht in einer Bananenrepublik."

„Ja, das stimmt, aber Sie haben doch auch einen gewissen Ermessensspielraum und könnten mal ein Auge zudrücken. Es soll auch nicht Ihr Schaden sein."

„Ich habe einen Ermessenspielraum, das stimmt. Und ein Auge zudrücken ist manchmal nicht verkehrt. Aber wie soll ich Ihre Bemerkung auffassen, es solle nicht mein Schaden sein? Wollen Sie mich bestechen?"

„Ganz und gar nicht. Aber mein Begleiter und ich möchten die Sache kulant und vor allem ohne weiteres Aufsehen erledigen."

„Haben die Herren vielleicht etwas zu verbergen?"

Der Innenminister wurde ungeduldig und beging einen schweren Fehler: „Jetzt hören Sie mal zu, sie kleiner Dorfpolizist: Ich bin der Innenminister dieser Republik und mein Begleiter ist der Geheimdienstchef. Wir sind in einer geheimen Mission unterwegs und werden uns von einem subalternen Beamten nicht piesacken lassen."

Jetzt reichte es Leopold: „Und ich bin der Kaiser von China! Ja was glauben Sie denn, wo wir sind? Sie und Ihr Begleiter kommen mit aufs Revier. Dort nehmen wir das Unfallprotokoll auf. Und wenn Sie sich meinen Anordnungen widersetzen, dann ist das Widerstand gegen die Staatsgewalt, Behinderung von polizeilichen Ermittlungen und möglicherweise Fahrerflucht. So etwas wäre ein gefundenes Fressen für die Wiener Presse. Und sollten Sie wirklich der Innenminister sein – woran ich zweifle – dann umso schlimmer. Und zwar für Sie!"

Der Innenminister hätte sich am liebsten die Zunge abgebissen. Wieso hatte er nicht geschwiegen? Knut sah ihn anklagend an als wolle er sagen: Wieso konntest Du nicht das Maul halten? Jetzt haben wir den Salat!

Leopold, ganz Herr der Lage, ordnete mit barscher Stimme an:

„Meine Herren, sie beide nehmen das Rad mit. Und dann fahren Sie hinter mir her aufs Polizeirevier von Berghausen. Und machen Sie bloß keine Zicken. Denken Sie daran, dass ich ihre Ausweise und die Fahrzeugpapiere habe."

Und überaus freundlich zu Hermine: „Sie fahren mit mir."

Hermine hatte sich inzwischen vom Schreck des Unfalls ziemlich erholt. Die Schürfstellen taten kaum mehr weh. Ein so freundlicher und hilfsbereiter Polizist war ihr noch niemals begegnet. Außerdem war es sehr aufregend, unter Polizeischutz heimgefahren zu werden. Da würde Frau Kandler aber staunen. Hermine sammelte rasch Ihre auf der Straße liegenden Utensilien ein und nahm neben Leopold Platz.

Der Innenminister und der Geheimdienstchef verstauten Hermines Rad im Kofferraum des Mercedes und folgten, wenn auch zähneknirschend dem Auto von Leopold Gruber. Im Kopf des Geheimdienstchefs drehten sich alle verfügbaren Rädchen. Er dachte scharf nach. Und dann tauchte auch schon der Umriss eines Planes auf. Wenn der funktionierte, dann kamen er und der Innenminister aus der Bredouille heraus. Allerdings musste er dabei dem Innenminister brisante Staatsgeheimnisse enthüllen, die er bisher wohlweislich für sich behalten hatte...

14.   16:00 Uhr

Zicke zacke Hühnerkacke!

Der Kanzler, vollkommen ahnungslos, worin der
wahre Sinn und Zweck des geheimen Labors bestand, erfreute sich am Federvieh, welches ihm
Adolf von Schönborn, der Chef des Instituts im
Franz-Joseph-Wald präsentierte. Dr. h.c. Frisch
zählte insgesamt fünfzehn Goliath-Hühner. Er war
begeistert. Die Hühner verhielten sich, wenn man
von ihrer Größe absah, nicht anders als ihre kleineren Vettern und Cousinen in Ställen und auf Wie-
sen. Wenn sie nicht am Boden nach diesem und jenem suchten, waren sie beschäftigt mit der unvermeidlichen Hack- und Pickordnung, wie sie auf jedem Hühnerhof üblich ist. Allerdings wirkten die
Auseinandersetzungen angesichts der Größe der
Hühner weitaus bedrohlicher als bei normalwüchsi-
gen Suppen- und Legehühnern. Soeben fuhr auf
das benachbarte Terrain ein Lastwagen mit Abfällen aller Art.

Die beiden Fahrer stiegen aus, betätigten den
Kippmechanismus des Transportfahrzeugs und
schon rutschten Schlachtreste, Küchenabfälle,
Plastikmüll aller Art, Kartonagen und Papierschnip-
sel auf den Boden des von Eisengittern umzäunten

Areals. Die Hühner beobachteten den Vorgang aufmerksam. Sie gackerten gierig und laut. Dazu schlugen sie wie wild mit Flügeln, deren Spannweite so manchem Geier Respekt eingeflößt hätte. Aufgeregt liefen sie hin und her. Nachdem sich der Lkw entfernt hatte, öffnete sich ein Tor und unter misstönendem Geschrei rannten die Hühner hinüber und fielen über den Müll her. Der Kanzler staunte nicht schlecht, denn in kürzester Zeit wurden Dinge, die sonst die Wiener Müllabfuhr mit großem Aufwand beseitigte, von den Hühnern verschlungen, sichtlich mit großem Appetit.

Der Chefbiologe Adolf von Schönborn gab dem Kanzler ein Zeichen.

„Jetzt wollen wir uns mal ansehen, ob unsere braven Hühner fleißig beim Eierlegen waren", raunte ihm zu.

Und schon betrat er zusammen mit dem Kanzler, dem Landwirtschaftsminister und den begleitenden Presseleuten den hochmodernen und blitzsauberen Hühnerstall. Tatsächlich wurden insgesamt zwölf Eier gefunden, eines schöner als das andere. Der Kanzler war selig. Als habe Adolf von Schönborn die Frage des Kanzlers geahnt, sagte er:

„Selbstverständlich können Sie und auch die Vertreter der Presse die Eier mitnehmen. Betrachten Sie diese als Geschenk. Immerhin hat der österreichische Staat das Unternehmen jahrelang subventioniert und das gegen größten Widerstand aller möglicher Kleingeister aus der Anti-Genetik- und Tierschutz-Szene. Und allen, die sich möglicherweise um das sogenannte „Tierwohl" dieser neuen Rasse sorgen, sei versichert, dass diese großen Hühner sich, so oft sie wollen, im Freiland bewegen können, und jederzeit ausreichend gefüttert werden. Dass sie mit Vorliebe und Hingabe Müll vertilgen, ist angesichts wachsender Müllberge ein weiteres Plus. Die Tiere sind von ihren genetischen Anlagen her äußerst robust und kerngesund. Sie benötigen also keinerlei Medikamente, was bei der geplanten Massenhaltung von großem Vorteil ist. Ich sage nur eins: Antibiotika und weitere Impfstoffe sind völlig unnötig. Unsere großen Hühner führen also ein glückliches Leben, bis sie eines Tages ins Hühnerparadies eingehen, nach ihrer letzten Metamorphose vom Legehuhn zum Hühnerfricassée."

Adolf von Schönborn lachte dazu meckernd und zynisch. Auf seinen Wink hin wurden passende Kartons gebracht und jeder mit einem Ei gefüllt. Den Vertretern der Presse wurde nahegelegt, per Wettbewerb unter den Lesern einen Namen für die Eier der gefiederten Neuzüchtung zu finden. Der Kanzler nickte beglückt. Er würde seiner Frau raten, den Namen „Wolfgangs-Ei" vorzuschlagen. So käme sein Name auf jeden Fall in die Geschichtsbücher.

Zumindest als moderner Bezwinger des Welthungers, da das Ei als Exportschlager vor allem für die Welthungerzonen gedacht war.

Sein Wunsch, auch noch die Labors zu besichtigen, wurde von Adolf von Schönborn nicht nur begrüßt, sondern mit sichtlichem Wohlgefallen aufgenommen. Selbstverständlich war man in den Labors gut vorbereitet auf eine Besichtigungstour. Es wurde alles aufgeboten an Technik und Laborequipment, um beim Kanzler und dessen Gefolge den Eindruck von wissenschaftlicher Betriebsamkeit und Effizienz auf allerhöchstem Niveau zu erwecken. Adolf von Schönborn kannte den Kanzler gut genug um zu wissen, dass dieser keine tiefer gehenden Fragen stellen würde. Genau genommen hatte der Kanzler keine Ahnung, was es mit Genversuchen wirklich auf sich hatte. Dass diese gefährlich sein konnten, stritt er grundsätzlich ab. Und überhaupt passten eine zögerliche oder überkritische Einstellungen oder gar Bedenken absolut nicht zur Fortschrittsbegeisterung der Besucher.

Die Frage eines kritischen Journalisten des in Regierungskreisen wenig beliebten Enthüllungsblattes „Da legst Dich nieder!" nach der Hinterlassenschaft der Hühner fegte Adolf von Schönborn im Nu weg:

„Wer wird sich denn an so einem Tag mit Hühnerscheiße beschäftigen, und noch dazu vor einem so erlauchten Besuchergremium", knurrte er verächtlich.

Der Kanzler applaudierte ostentativ und rief zum Gaudium aller:

„Wer mir in diese Hühnersuppe spuckt, ist kein wahrer Patriot!"

Von Schönborn umarmte den Kanzler und krähte übermütig wie ein Schuljunge:

„Zicke-Zacke-Hühnerkacke!"

Augenblicklich war die kurz aufgekeimte, miserable Stimmung verschwunden. Schon drängte der Kanzler hinaus. Es entstand ein quirliges Gewusel, bestehend aus dem Landwirtschaftsminister, fünf Leibwächtern, Kanzler-Chauffeur Kurti und zahlreichen Begleitern aus Medien und Presse. „Das Wolferl" wollte jetzt heim und Ehefrau Hannelore seinen ganzen Stolz, das österreichische Riesen-Ei präsentieren. Als alle gegangen waren, atmete von Schönborn erleichtert auf und begab sich müden Schrittes in sein Büro.

Er fühlte sich nach dieser Huhn-Präsentation total ausgelaugt und hatten so gar nichts sieghaft Weltbewegendes mehr an sich. Er ließ sich in seinen Schreibtischsessel fallen und summte leise: „Zickezacke, Hühnerkacke! Scheiße und Mist verdammter!!!"

Der kritische Fragesteller von „Da legst dich nieder!" konnte nicht wissen, an welches Problem er
soeben – ohne es zu ahnen – gerührt hatte. Denn
es gab tatsächlich ein Problem mit der Hühnerkacke. Und was für eines...

15.   17:00 Uhr

Manus manum lavat?

Leopold, Hermine, Innenminister und Abwehrchef waren inzwischen auf dem Polizeirevier
von Berghausen angekommen. Genaugenommen
war die dienstliche Wirkungsstätte von Leopold
Gruber infolge der langjährigen Sparmaßnahmen
des Wiener Innenministeriums ein verkommenes
Drecksloch. Mehr Bude als Büro mit einer Ausstattung, die nur noch auf den Tag der Entrümpelung
zu warten schien. Es stank nach muffigen Akten,
Bohnerwachs und Sagrotan. Waldemar vom Wotansgrund und Knut Papenbeck sah man an, wie
deplatziert sie sich hier fühlten. Ihre Büros in Wien
waren Luxussuiten. Tempel der feinsinnigen Kon-
templation und feingesponnenen Hinterlist sowie
Ausdruck ihrer Macht. Doch auf dem Polizeirevier

Berghausens thronten sie nicht in Fauteuils, sondern saßen auf knarzenden, wackligen Stühlen ebenso wie Hermine.

Leopold nahm das Protokoll auf. Er dokumentierte das Erforderliche wie Datum, Ort des Geschehens, Personalien der Beteiligten und genaue Angaben zum Unfallhergang mittels seines Ein-Finger-Hack-Systems und einer musealen Schreibmaschine in das dafür vorgesehene Formular. Ohne sich seine Überraschung anmerken zu lassen, nahm er zur Kenntnis, dass es sich bei den Insassen des Unfallwagens tatsächlich um den Innenminister und den Chef der Abwehr handelte. Allerdings ließ sich Leopold davon keineswegs beeinflussen oder gar einschüchtern. Im Gegenteil hatte er vor, aus der Blöße, die sich der Innenminister am Unfallort durch seine respektlose Wortwahl gegeben hatte, für sich einen Vorteil herauszuschlagen. Aber der Reihe nach: Der Unfallhergang war klar, wurde von keinerlei Streit zwischen Opfer und Unfallverursacher in Frage gestellt und war deshalb schnell zu Papier gebracht.

Waldemar vom Wotansgrund und Knut Papenbeck waren sichtlich darauf bedacht, sich nach den verbalen Entgleisungen des Innenministers in einem besseren Licht zu zeigen. Sie erklärten sich ohne langes Feilschen und unabhängig von etwaigen Leistungen ihrer Versicherungen bereit, eintausend Euro für Hermines neues Rad zu spendieren. Bar auf die Hand. Ihre gute Laune wurde vollends wieder hergestellt, als sich nun herausstellte, dass Hermine auf keiner Anzeige bestand.

„Also wegen den lächerlichen Hautabschürfungen und ein paar blauen Flecken möchte ich den Herren wirklich keine Unannehmlichkeiten bereiten. Das heilt schon wieder. Jeder kann mal einen Fehler machen. Und dass Sie mir für mein altes Rad ein neues spendieren, finde ich sehr großzügig. Also wenn sie mich fragen: Ich brauche keine Anzeige. Die Sache ist für mich erledigt. Überhaupt: Seien wir doch froh, dass nichts Schlimmeres geschehen ist."

Leopold staunte über diese Großzügigkeit. Die meisten Unfallopfer würden versuchen, aus so einer Situation möglichst viel herauszuschinden. Irgendwie spürte er aber auch so etwas wie einen Anflug von Enttäuschung. Denn nur allzu gerne hätte er den feinen Pinkeln aus Wien eine offizielle Anzeige mit allen ihren unangenehmen Folgen gegönnt.

Der Innenminister seinerseits war verblüfft von so viel Generosität. Denn er selbst war alles andere als großzügig und gab nur nach, wenn es gar nicht zu vermeiden war. Ansonsten war er als eingefleischter Egoist immer auf seinen Vorteil bedacht. Und er gestand sich leicht beschämt ein, dass er selbst in so einer Lage alles, was nur irgend ging, aus dem Unfallverursacher herausgepresst hätte. Im Ton eines Sonntagspredigers meinte er:

„Gnädige Frau, Ihren Ausführungen kann ich mich nur anschließen. Und sicher spreche ich im Namen aller, wenn ich sage, dass wir erstens sehr erleichtert sind, weil nichts Schlimmes passiert ist und zweitens Sie eine Dame von vorbildlicher Großzügigkeit sind."

„Amen" sagte Hermine um einen weiteren Redeschwall des Ministers abzuwenden und lachte dazu unbekümmert.

„Kann ich jetzt gehen"? fuhr sie fort. Dann stupste sie sich mit dem Zeigefinger der rechten Hand an die Stirn und sagte: „Da fällt mir ein, Herr Polizeimeister, Sie wollten mich doch heimfahren."

„Mein Versprechen gilt noch", beeilte sich Leopold zu sagen. „Wie heißt doch gleich die Pension, in der Sie wohnen?"

„Pension Sonnenschein."

Innenminister und Abwehrchef riefen wie aus einem Mund:

„Pension Sonnenschein? Da wohnen wir auch!"

„Na wenn das kein Zufall ist", meinte Leopold. Und er fuhr fort: „Dann könnten Sie beide doch Frau Bradel in Ihrem Auto mitnehmen."

Der Innenminister, jetzt ganz Charmeur:

„Ein größeres Vergnügen kann ich mir gar nicht vorstellen, gnädige Frau."

Leopold zu Hermine:

„Sehen Sie, liebe Frau Bradel. Jetzt werden Sie nicht vom Dorfpolizisten, sondern vom österreichischen Innenminister persönlich nach Hause gebracht. Und nicht genug damit: der Beifahrer ist unser Geheimdienstchef. Also, bessere Leibwächter kann ich mir nicht vorstellen."

Hermine war, ihrem Naturell entsprechend, davon gar nicht beeindruckt. Neckisch drohte sie beiden:

„Aber jetzt wird unfallfrei und vorsichtig gefahren, meine Herren!"

Vor der Abfahrt nahm Leopold den Innenminister und den Abwehrchef kurz beiseite und flüsterte:

„Wenn Sie Frau Bradel in der Pension Sonnenschein abgeliefert haben, kommen Sie beide in die „Linde". Ich bin dort einquartiert. Zimmer 115. Wir haben Gesprächsbedarf. Und nach dieser Dreier-Besprechung überlegen wir, welchen finalen Weg das Unfallprotokoll zu gehen hat."

Die Art, wie er dabei dem Innenminister zublinzelte, ließ in diesem alle Glocken der Zuversicht klingeln. Und er dachte sich, welche Verschwendung es sei, einen so klugen Beamten im österreichischen Irgendwo versauern zu lassen.

„Merci", flötete der Innenminister und schon war er weg, gefolgt von Hermine und Knut Papenbeck.

Leopold war sehr zufrieden mit dem Verlauf der polizeilichen Einvernahme in seinem miserablen Büro. Er grinste breit, fläzte sich in seinen zerschlissenen Bürosessel und schmiss die Beine auf den Schreibtisch. Gegen alle Dienstvorschriften und Gewohnheiten genehmigte er sich einen Cognac. Er hatte allen Grund, dem Schicksal für diesen Unfall dankbar zu sein. Er ahnte und hoffte, dass das nachmittägliche Geschehen den ersehnten Wendepunkt in seiner verkorksten Karriere herbeiführen würde.

„Manus manum lavat," rezitierte er einen Satz, den vor etlichen Jahren der Lateinlehrer des „Leopoldine-Gymnasium-Wien" ihm und der gesamten Klasse fünf b eingetrichtert hatte. Und da er schon dabei war, erging er sich noch kurz in historischen Vergleichen. Die sogenannten alten Römer waren doch erstaunlich helle Köpfe gewesen. Nicht nur zeitlos gültige Sprichwörter, sondern ein riesiges Weltreich von langer Dauer hatten sie geschaffen. Das hatten nicht einmal die Habsburger geschafft samt ihrem Doppeladlerkönigreich, trotz Sissi, Franz Joseph und dem Prinzen Eugen... Und dann erst die Sprache: Der bekannte österreichische Ausdruck „Hörst, bist deppert?" konnte es nun wirklich nicht mit dem römischen „Manus manum lavat" aufnehmen, bei aller Liebe zum Wiener Schmäh, gell... Leopold unterbrach seine weltgeschichtliche vergleichende Kulturbetrachtung. Er nahm sich aber vor, irgendwann bei Gelegenheit ein Buch über Geschichte und Kunst Roms zu lesen.

Er machte sich auf den Weg zur „Linde". Innenminister und Abwehrchef warteten dort sicher schon auf ihn. Als hätten Latein und römische Weltmacht seine Pläne gestärkt, war er nun fest entschlossen, mit dem Innenminister einen „Deal" zu machen. Es konnte nicht sein persönliches Schicksal sein, als kleiner Polizist in Berghausen zu versauern. Leopold hatte keine Ahnung, was das anschließende Treffen in der „Linde" mit dem Innenminister und Abwehrchef für das Schicksal Österreichs bedeutete.

16.   19:00 Uhr

Friede Freude Eierkuchen.

Hannelore Frisch, die Frau des kleinen Kanzlers, gestand sich ein, dass sie ihre langjährige Freundin Hermine bereits nach zwei Tagen Abwesenheit sehr vermisste. Nicht nur wegen des Kartenspiels und dem damit verbundenen Nervenkitzel, ob Hermine sie beim Schwindeln ertappen würde. Wie so oft im Leben wird der Wert gewisser Dinge bewusster und wertvoller, wenn diese nicht mehr beliebig verfügbar sind. Hermines Lebensklugheit und ihr gesunder Menschenverstand in Verbindung mit einer völlig ungekünstelten Selbstdarstellung waren für Hannelore und ihren gesamten Freundeskreis eine unverzichtbare Quelle des Wohlbefindens.

Die Kanzlergattin wurde dazu von Gewissensbissen geplagt. War es nicht bodenloser Leichtsinn, ihre Freundin zu dieser pikanten und nicht ganz ungefährlichen Mission zu überreden, welche das Beschatten des vermeintlich untreuen Kanzlers darstellte? Was dabei alles passieren konnte bis hin zum Verkehrsunfall, wollte sie sich gar nicht erst ausmalen. Andererseits war ihr klar, dass Hermine zwar ein liebenswerter und lebensfroher Tolpatsch war, was gewisse Dinge des Alltagslebens anging.

Andererseits war ihr unversiegbarer Optimismus und Glaube an die Kraft und Präsenz hilfreicher himmlischer Mächte ebenso unanfechtbar, wie die trutzigen Wälle und Zinnen einer Burg. Hannelore erinnerte sich an gemeinsame Skiausflüge bei Zermatt. Wie Hermine es schaffte, immer wieder die falsche Abfahrt zu nehmen und noch mehr, wie es ihr gelang, letzten Endes immer wieder zu den Ihren zurückzufinden, wird allen Beteiligten, die um sie bangten, für immer ein Rätsel bleiben. Vielleicht hatte doch ihr Lieblingsschutzengel, der Heilige Michael seine Hände im Spiel. Dessen Hilfe und wo nötig, Fürbitte, vertraute Hermine unbeirrbar. Grundsätzlich war sie von einer ausgeprägt gläubigen Lebensart. (katholisch natürlich) Dies hielt sie andererseits nicht ab von einer sehr weltlichen Auslegung der Zehn Gebote. Einem langjährigen Freund, der sie daraufhin mal angesprochen hatte, erklärte sie rundweg und mit unerschütterlicher Überzeugung, ein vor ihr sehr geschätzter Landpfarrer habe geäußert, so lange man nicht die Heiligen oder Gott selbst beleidige, könne man nicht von Sünde reden. Abgesehen natürlich bei Mord und Totschlag oder Ehebruch und Diebstahl. Man beginge jedoch einen großen Fehler, wenn man sich Hermine nun als fromme Betschwester vorstellte. Demselben langjährigen Freund vertraute sie unter anderem auch an, dass sie während des obligaten sonntäglichen Kirchgangs öfters mehr an das anschließende Sonntagsmal als an Jesu Abendmahl dachte. Andere hätten sich deshalb schuldbewusst kasteit. Nicht so unsere Hermine. Derlei menschliche Unzulänglichkeiten zählten ihrer Meinung nach nicht vor Gott. Wo käme man denn hin, wenn der sich um solche Kleinigkeiten kümmern sollte? Nein, Gott und die Heiligen waren, so dachte Hermine, fürs Große und Ganze da. Erbsenzähler seien wohl eher bestimmte Geistliche! Amen!

Hannelore war sich nicht mehr so sicher, ob es richtig gewesen war, Hermine als Spitzel auf Wolfgang anzusetzen, um dessen sündigen Lebenswandel zu beweisen. Um sich nicht in nutzlosen Spekulationen zu verzetteln, machte Hannelore nun einen Gedankenschwenk und widmete sich der Untreue des Kanzlers. Ein sofortiger Stimmungswandel war die Folge. Zorn, Unmut und Rachegelüste stiegen in ihr auf. Sie zweifelte nicht an Wolfangs Untreue, verbunden mit außerehelichen Eskapaden. Es handelte sich ihrer Meinung nach um nichts anderes als die mit dem zweiten oder dritten Frühling bei Männern verbundenen hormonellen Eruptionen, die in dem ominösen Geheimen Institut abreagiert wurden. Das schien umso plausibler, als Hannelore und Wolfgang schon lange jegliche Ausübung von ehelichem Sex eingestellt hatten. Wegen erwiesener Lustlosigkeit beiderseits. Dennoch:

Es konnte nicht geduldet werden, dass ihr Mann zuhause Unlust oder Zeitmangel vortäuschte, um sich dann mit hergelaufenen Ludern zu vergnügen.

Für den Fall, dass Hermine die nötigen Beweise dafür liefern könnte, musste sie das weitere Vorgehen gründlich überlegen. Eine Scheidung jedenfalls kam nicht in Frage. Die Presse würde nicht nur Wolfgang, sondern auch sie, und darüber hinaus die gesamte Regierung in der Luft zerreißen. Es gab genügend Blätter, die ihrer Leserschaft nichts lieber anboten als abscheuliche Skandale über eheliche Untreue von „denen da ganz oben". Die Folge wäre eine Staatskrise und mit dem unvermeidlichen Rücktritt ihres Mannes verbunden, möglicherweise eine Existenzkrise. So bedacht, durfte nichts an die Öffentlichkeit gelangen.   Aber gewisse private Sanktionen ihrerseits, verbunden mit den entsprechenden Wiedergutmachungen seinerseits – in Gold oder Edelsteinen natürlich – schienen ihr durchaus vorstellbar. Sie stellte sich vor den Spiegel und dachte sich: „Ich bin jetzt in dem Alter, wo einem angesichts dieser ehelichen Windstille ein belebendes Verhältnis zustünde. Aber ob man dann nicht vom Regen in die Traufe kommt?"

Ihre defätistischen Gedankengänge wurden unterbrochen. Wolfgang erschien. Zu ihrer Erbitterung strahlte er übers ganze Gesicht. Klar, nach einem

Nachmittag mit irgendeinem willigen Luder im Institut konnte er leicht gut gelaunt sein. Hannelore bezwang ihre auflodernde Eifersucht und begrüßte ihn betont liebevoll. Sicher ist sicher und höflich nie verkehrt, dachte sie sich.

Aber der Kanzler beließ es nicht beim Strahlen. Er hatte Blumen dabei und einen Karton mit einer großartigen rot-weiß-roten Schleife.

„Schau mal Hannilein, Schatzi, was ich Dir mitgebracht habe."

Hannelore war überzeugt, die Mitbringsel bewiesen eindeutig das schlechte Gewissen, welches Wolfgang nach seinem Sex-Nachmittag haben musste.

Es bereitete ihr zu ihrem eigenen Erstaunen nicht die geringste Schwierigkeit, Freude zu mimen. Sie hatte einen Plan, ein Ziel und dem hatten sich vergängliche Launen unterzuordnen. Sie lobte also ihren Gatten ausreichend, aber auf keinen Fall zu deutlich, damit der nicht etwa argwöhnisch würde. Jedenfalls waren die Blumen genau nach Hannelores Geschmack mit viel Weiß. In dem Geschenkkarton hatte sie aber alles andere als ein großes Ei erwartet. Sie sah Wolfgang mehr als nur fragend an. Der griff den Ball auf und schon sprudelte es aus ihm heraus.

Er überschlug sich beinahe vor Begeisterung und sprach ohne Punkt und Komma über „die famose Hühnerzüchtung - durch Genversuche – da sieht man wieder – Fortschritt – und die Hühner solltest du sehen – mindestens einen Meter fünfzig groß - und so genügsam – fressen Abfall und Problemmüll – die Eier unbegrenzt haltbar – das wird der Exportschlager – der Kaiserschmarrn vorgestern im Kabinett schmeckte genial – das wird meine Kritiker mundtot machen – und wer hat es gegen Widerstand durchgesetzt – natürlich ich – hast Du die Umfragewerte gelesen - fast neunzig Prozent - Das Ei ist der Hammer - dagegen ist die Mozartkugel nur ein Kügelchen"... usw. usw.

Hannelore musste trotz aller trüben Gedanken und Sorgen nun doch lachen. So aufgekratzt hatte sie ihren Mann schon lange nicht mehr erlebt.

„Und wohin mit dem Ei? In den Kühlschrank geht es nicht rein, bei gut dreißig Zentimeter Höhe."

„Wir stellen es auf den Balkon. Dann sehen wir, ob das stimmt mit der unbeschränkten Haltbarkeit bei jeder Temperatur."

So landete das Ei auf dem Kanzlerbalkon. Der Kanzler war nicht zu bremsen:

„Hannilein, weißt was? Zur Feier des Tages gehen wir mal wieder zum Italiener um die Ecke. Nur wir zwei, so ganz allein und ohne Personenschutz."

Kurz darauf saßen sie bei „Luigi di Capri". Sehr gemütlich und stimmungsvoll im schönsten Séparée – einem rokokohaften Juwel aus roten Samtwänden mit vergoldeten Spiegeln und Kristalllüstern aus Murano. Der Patrone, obwohl durch und durch immer noch bekennender, italienischer Kommunist, wenn auch im Exil, bemühte sich höchstpersönlich um die kulinarischen Wünsche des hohen christdemokratischen Besuchs. Gut – er war zwar Kommunist und er verköstigte sozusagen den Klassenfeind. Aber er sagte sich auch, dass beim Essen Politik keine Rolle spielen dürfe. Vom Umsatz und zu erwartenden saftigen Trinkgeld mal ganz abgesehen.

17.   19:50 Uhr

Die k.u.k. Verschwörung.

Leopold Gruber, Waldemar vom Wotansgrund und Knut Papenbeck saßen im Hinterzimmer der „Linde". Ganz ohne innenarchitektonischen Schnickschnack. Vor jedem eine Pizza und ein Weißbier. Sie wollten vor allem eins: Unerkannt und unbelästigt von anderen Gästen über Dinge reden, die nur sie selbst etwas angingen.

Leopold ergriff die Initiative:

„Ich schlage vor, dass wir ohne Umwege zur Sache kommen. Mir ist klar, dass Ihr Auftauchen hier weder zufällig noch ungeplant ist. Wie Sie meinem Bericht entnehmen können, bin ich – vorsichtig ausgedrückt – über gewisse Vorgänge um das Sport-Institut im Franz-Joseph-Wald im Bilde. Und dass der Innenminister Österreichs zumindest meinen Wissensstand hat, ist doch wohl auch klar, oder? Also: Wieso sind Sie nach Berghausen gekommen?"

Der Innenminister nahm den Ball auf:

„Spätestens seit der verrückten Kaiserschmarrn-Inszenierung unseres Kanzlers im Maria-Theresia-Saal ist es kein Geheimnis mehr, dass in dem besagten Institut bei Gen-Versuchen Monsterhühner geschaffen wurde. Es gibt nun allerdings den Verdacht, dass dort nicht nur Hühner gezüchtet wurden, sondern..."

Hier unterbrach Knut Papenbeck den Minister:

„Ich schlage vor, dass wir diesen Punkt später erörtern."

„Einverstanden", sagte der Minister.

Papenbeck zu Leopold:

„Da Sie in ihrem jüngsten Bericht ans Ministerium den Unfall mit den Hühnern etwas – sagen wir mal: kryptisch – erwähnt haben, würde es mich interessierten, jetzt einen detaillierten Bericht zu hören."

„Das ist schnell erzählt", meinte Leopold. „Ich fuhr also vor einigen Tagen nachts durch den Franz-Joseph-Wald. Ich traute meinen Augen nicht, als plötzlich mehrere mannshohe Hühner über die Straße liefen. Ehe ich noch bremsen konnte, lief mir eines direkt vor die Motorhaube, knickte um und schon war es überfahren. Bis ich mein Auto zum Stehen gebracht hatte, vergingen ein paar Sekunden. Ich sprang aus dem Wagen und blickte mich um. Aber die Hühner waren auf und davon. Wären nicht deutliche Spuren wie Dellen am Auto und Blutflecken auf dem Straßenbelag zu sehen gewesen, dann hätte ich an meinem Verstand gezweifelt. Ich war übrigens vollkommen nüchtern. Am nächsten Tag fuhr ich in die örtliche Autowerkstatt. Der dortige Mechaniker nahm meine Schilderung sehr skeptisch auf. Immerhin war er bereit, das Auto auf die Hebebühne zu stellen um es genauer zu untersuchen. Was wir fanden waren büschelweise Hühnerfedern und Blutspuren. Ach ja und da waren mehrere etwa 1 cm grosse Löcher im Chassis, deren Ursache wir uns nicht erklären konnten. Johann wollte den Wagen bis zum nächsten Tag genau unter die Lupe nehmen."

Knuts Gesichtsausdruck nahm in etwa den eines Wachhundes an und er fragte:

„Und was kam heraus dabei?"

Leopold zuckte mit den Schultern:

„Das weiß ich nicht. Seit heute ist mein Auto verschwunden und von Johann Krainauer fehlt jede Spur."

Innenminister und Abwehrchef sahen sich bedeutsam an. Der Innenminister leichthin:

„Johann Krainauer verschwunden? Mehr als nur seltsam."

Leopold war verblüfft:

„Kennen Sie ihn denn, Herr Minister?"

Jetzt schaltete sich Papenbeck ein:

„Und ob wir ihn kennen. Er ist V-Mann in einer Abteilung des Geheimdienstes!"

Leopold konnte es kaum glauben. Dementsprechend war seine Miene. Er murmelte:

„Das erklärt immerhin das Vorhandensein von allerlei Computern und Spionage-Material in seinem Keller."

Der Innenminister staunte:

„Das haben Sie entdeckt? Hut ab mein Herr."

Leopold grinsend:

„Wundert Sie das? Sie kennen doch mein Talent zur radikalen Aufklärung. Ich sage nur *„Austro-Bau"*. Aber zurück zu Johann Krainauer. Ich habe mich natürlich auch in dessen Wohnung umgesehen. Er war auch dort nicht anzutreffen. Aber großes Chaos. Die gesamte Wohnung durchwühlt und auf den Kopf gestellt. Ich vermute, dass der Mechaniker entführt wurde. Aber warum und von wem?"

Papenbeck gab sich einen Ruck:

„Meine Herren. Ich glaube, dass jetzt der Zeitpunkt gekommen ist, wo ich meine Karten offen auf den Tisch lege. Ich brauche wohl nicht extra darauf hinzuweisen, dass es sich um ein Staatsgeheimnis von höchster Brisanz handelt. Schwören Sie beide, dass sie darüber mit keiner Menschenseele reden werden."

Waldemar und Leopold gelobten feierlich absolute Verschwiegenheit. Dann hörten sie mit immer größerem Erstaunen die Enthüllungen des Abwehrchefs an.

Der erklärte, dass sein Amt durch glückliche Umstände und akribische Arbeit seiner Mitarbeiter einer unglaublichen Verschwörung auf der Spur sei. Das Ziel dieser Vereinigung mit Sitz im allen bekannten Geheimen Institut im Franz-Joseph-Wald sei die Abschaffung der Demokratie in Österreich.

Der Kanzler und das gesamte Kabinett solle verhaftet und beseitigt werden. Und nicht genug damit solle im Gegenzug die habsburgische Monarchie wieder hergestellt werden. Also eine Art Kaiserreich mit einer Ausdehnung wie im 19. Jahrhundert. Treibende politische Kraft bei den Verschwörern sei übrigens ausgerechnet der Kultusminister, ein bekennender Monarchist. Der wolle sich zum Kaiser Österreichs proklamieren lassen, wenn alles klappt. Ein kompletter Kaiserschmarrn. Aber weiter: Kopf der Verschwörer im Institut sei der übergeschnappte Professor Adolf von Schönborn, übrigens aufs Engste mit rechtsradikalen Gesinnungsgenossen in Deutschland verknüpft.

Schönborn führe also im als Sportakademie getarnten Institut hochriskante Genversuche durch. Daran wäre nun in der Tat nichts Verwerfliches. Unser V-Mann Johann Krainauer scheint herausgefunden zu haben, dass die Monsterhühner nur ein Nebenprodukt sind, um Wien bei Laune zu halten und den Geldregen aus der Staatskasse nicht versiegen zu lassen.

In Wirklichkeit ginge es Schönborn um etwas ganz anderes als große Hühnereier. Er sei fieberhaft auf der Suche nach einer vernichtenden, biologischen Waffe. Diese solle, sobald sie verfügbar und ausreichend getestet ist, rücksichtslos eingesetzt werden, um den politischen Forderungen der

Verschwörer den nötigen militärischen Druck zu verleihen. Mehr sei momentan nicht bekannt, da Johann Krainauer aus den bekannten Gründen seit gestern nichts mehr berichtet habe.

Innenminister und Leopold waren niedergeschmettert.

Papenbeck fuhr fort:

„Es ist also höchste Eile angesagt. Wir müssen so schnell wie möglich herausfinden, wann die Clique um Adolf von Schönborn zuschlägt. Mein Gott, Österreich, die Demokratie und unser aller Freiheit und Leben stehen auf dem Spiel und möglicherweise droht eine Katastrophe von globalem Ausmaß!"

Knut Papenbeck sah mitgenommen und erschöpft aus. Er nahm einen tiefen Schluck aus seinem Weißbierglas. Leopold und der Innenminister saßen da wie versteinert. Es herrschte tiefes, ratloses Schweigen. Man kam überein, sich am nächsten Tag Punkt 11 Uhr im Polizeirevier von Berghausen zu treffen, um weiter zu beratschlagen.

Der dritte Tag

18.   08:00 Uhr

Falsch gewogen.

Hermine wachte am nächsten Tag mit jener Heiterkeit und schwungvollen Lebenslust auf, die jeder Müßiggänger kennt, ob Urlauber oder Dauer-Bonvivant. Weder lästige Pflichten noch häusliche Verrichtungen warteten auf Erledigung, kein Steckenpferd verlangte Hingabe. Dafür Zeit zum Nichtstun. Muße statt Aktivität. Also ein Tag, der nur darauf wartete, in den Arm genommen, geküsst und genossen zu werden. Hinweg mit der Bettdecke - flugs über die Brüstung der Balkonverkleidung geworfen. Ein Blick versprach Sonnenschein im Überfluss. Rasant war die Morgentoilette erledigt. Und schon ging es im Sauseschritt hinunter in den Frühstücksraum. Frau Kandler wartete bereits auf „ihren Schützling", wie sie Hermine nach der Schilderung des gestrigen Unfalls nannte.

Es imponierte der Pensionsinhaberin ungemein, mit welcher Leichtigkeit Hermine den Unfall und seine Folgen abgehakt hatte. Kein Jammern, kein

Klagen. Aber Freude pur über ein neues Rad. Hermine hatte allerdings die Wahrheit über den tatsächlichen Unfallhergang und vor allem über die beteiligten Personen verschwiegen. Waldemar vom Wotansgrund und Knut Papenbeck hatten sie gebeten, dies als gemeinsames Dreiergeheimnis für sich zu bewahren. Immerhin könnten andere die Sache verdrehen oder aufbauschen, was sich auf die berufliche Laufbahn von Innenminister und Abwehrchef höchst ungünstig auswirken könnte. Das sah Hermine ein. Neid und jegliche Art von Hinterlist oder Kleinkariertheit waren ihr ein Gräuel. Außerdem war ihr der Innenminister mit seiner altmodisch-charmanten Art im Grunde sehr sympathisch. Seit er ihr gestern mit Handkuss eine gute Nacht gewünscht hatte, rangierte er in Hermines Herzen als liebenswerter Kavalier. Dazu hatte er gesagt, falls sie einmal in einer Bredouille steckte, solle sie sich einfach an ihn wenden. Er sei immer für sie da. Dazu drückte er ihr seine pompöse Visitenkarte in die Hand. Hermine band ihm natürlich nicht auf die Nase, dass sie bei der Frau des Kanzlers privat sozusagen ein und aus ging. Grundsätzlich zählte bei ihr ein Titel nebst goldumrahmter Visitenkarte wenig, ihrer Meinung nach kam es allein auf Herz und Seele an. Basta.

Nach dem mehr als stärkenden Landfrühstück fuhr der Innenminister Hermine in den Ort. Er bot sich als Berater beim fälligen Fahrradkauf an. Er war dafür der Richtige. In seiner Sturm- und Drang-zeit – die gut dreißig Jahre zurückliegen musste – war er ein begeisterter Hobby-Rennradfahrer gewesen. Im ebenso exklusiven wie legendären akademischen Wiener Rennradclub „Speichensalat". Sachkundig wählte er Hermines neues Rad aus. Leicht, modern und zuverlässig musste es sein. Für Hermine war eher wichtig, dass das Rad in ihrer Lieblingsfarbe Grün strahlte.

Eine halbe Stunde später war es geschafft, Technik und Ästhetik waren gleichermaßen zu ihrem Recht gekommen. Die Wege von Innenminister und Hermine trennten sich. Hermine radelte zu Adelgunde van Ristenkamp. Der Innenminister fuhr zusammen mit Knut Papenbeck zu Leopold Gruber. Sie waren dort wie erinnerlich, um elf Uhr verabredet.

Heften wir uns zunächst an die Spuren unserer liebenswerten und unverwüstlichen Radlerin. Schon sehen wir sie in die Albert-Schweitzer-Straße einbiegen und die Klingel bei Haus Nr. 89 betätigen.

Adelgunde war hocherfreut über Hermines Besuch. Ohne weitere Umstände begaben sich beide in Adelgundes „Allerheiligstes", das Gewächshaus. Selbstverständlich hatte die Hobbygärtnerin die Spuren der versuchsbedingen Explosion beseitigt und so bot sich das Bild eines kleinen immergrünen

Tropenparadieses. Das war nun in der Tat etwas ganz anderes als die grüne Diaspora in Hermines Wiener Altbauwohnung. Was bei ihr dahinkümmerte, gedieh hier mit strotzender Triebhaftigkeit, im Kleinen wie im Großen. Und dann die Namen der Pflanzen, welche Adelgunde herunterspulte wie auswendig gelernt. Unmöglich für Hermine, sich diese auch nur ansatzweise einzuprägen. Diese Adelgunde erschien ihr als ein faszinierendes Teufelsweib, aber von der vorbildlich angenehmen Art. Energisch, zupackend, praxisorientiert. Doch auch mit überraschend musischem Tiefgang. Adelgunde jedenfalls zog, wie sie erklärte, Musik von Bach bis Bartok dem meist langweiligen Gewäsch kulturloser Zeitgenossen eindeutig vor. „Lieber keine Gesellschaft als schlechte oder banausenhafte" knurrte der Hobbysopran. Das allerdings mit spitzbübischem Augenzwinkern. So war es also nur konsequent, dass Beethovens herzerfrischende „Frühlingssonate" das Gewächshaus mit klassischer Harmonie erfüllte. Hermine glaubte ohne weiteres Adelgundes Erklärung, dass für die Pflanzen gute Musik neben Dünger, Licht und Wasser („sind sie nicht auch Geschöpfe wie wir Menschen?") ein weiteres Labsal sei. Doch genug mit den Wirkungen von Klassik und Romantik auf Flora.

Die beiden Damen machten sich an die Arbeit. Die Herstellung von Tinktur - Versuch Nr. 23 e - war für heute geplant. Und nur zu gerne erklärte Hermine sich bereit, dabei als Assistentin mitzuwirken. Hatte sie doch jahrelang in einem Wiener Pharma-Unternehmen als Sekretärin des Abteilungsleiters für den Einkauf von Rohstoffen, Sparte „Ausland" gearbeitet. Ihr Arbeitsstil war legendär. Sie hämmerte jegliche Korrespondenz mit virtuoser Vehemenz und verblüffendem Tempo auf einer alten Schreibmaschine herunter, dass man meinen könnte, irgendwo würde mit automatischen Handfeuerwaffen herumgeballert. Minutiös und zuverlässig plante sie alle Termine ihres Chefs und sorgte für strikte Einhaltung. Weibliche Emanzipation setzte sie auf ihre Art durch. Sie machte sich unentbehrlich. So ging im Büro letzten Endes alles nach ihrem Kopf, weil ihr System aus Ordnung und Zuverlässigkeit optimal war. Und – ihr Chef ließ sich von ihr mit Hingabe bemuttern, will heißen, steuern.

Gut, Bürotätigkeit ist das eine, die Herstellung von heiklen Versuchssubstanzen das andere. Schon steckte Hermine in einem robusten Arbeitskittel, Mundschutz auf und selbstverständlich versehen mit Schutzbrille und Schutzhandschuhen. Hermine sollte die festen und flüssigen Bestandteile der Tinktur wiegen und für Adelgunde bereitstellen. Die gesamte Herstellungsprozedur hatte Adelgunde mittlerweile so weit validiert, dass der Vorgang als solcher ziemlich rasch voranging. Und nach einer guten Stunde war es geschafft: Tinktur Nr. 23 e war

nach etlichen Rührvorgängen, Erhitzungs- und Ab-
kühlungsphasen bereit für einen Versuch. Wie in einer mittelalterlichen Alchimistenwerkstatt wurde
dann mit äußerster Vorsicht eine Menge von etwa
20 Kubikzentimetern in einen Glaskolben geträufelt.

Mit dessen Inhalt besprühte nun Adelgunde fünf
bereitstehende Versuchspflanzen (Tomaten). Es
war faszinierend, wie die etwa 100 cm hohen Pflanzen innerhalb von zwei bis drei Sekunden auf eine
Höhe von höchstens einem Zentimeter schrumpften. Allerdings gab es unmittelbar darauf eine unerwartete Entwicklung. Unter lautem Zischen und
Knattern und üblem Gestank lösten sich die hoff-
nungsvollen Bonsai-Tomaten auf.

Adelgunde stand vor einem Rätsel. Bei der Kontrolle der verbliebenen Rohstoffe stellte sich heraus,
dass Hermine sich bei der Einwaage einer be-
stimmten Substanz geirrt hatte. Sie hatte die zehn-
fache Menge genommen. Adelgunde aber lachte
nur und bat ihre Freundin, sich deswegen keine Gewissensbisse zu machen.

„Beim Experimentieren muss man auf derlei gefasst sein. Und ob Du es glaubst oder nicht, so man-
che epochale Entdeckung und Neuschöpfung entstand auf ähnliche Weise. Jedenfalls werden wir die
Tinktur 23 e nicht entsorgen. Vielleicht kann man
damit ja noch etwas anfangen. Auch deshalb wird

die „falsche" Rezeptur, wie alle anderen auch doku-
mentiert."

Hermine war erleichtert. Und nach einem herrlichen Kaffee verabschiedete sie sich von Adelgunde
van Ristenkamp. Der Vormittag war schon weit fort-
geschritten und sie wollte heute noch auf jeden Fall,
als Pilzsucherin getarnt, dem Beschattungsauftrag
ihrer Wiener Freundin Hannelore Frisch nachkom-
men.

19.   09:00 Uhr

Angriff der österreichischen Kampfkartoffel.

Innenminister, Abwehrchef und Leopold Gruber
saßen inzwischen im schon erwähnt lausigen Büro
Grubers. Angesichts der diffusen Lage (Krainauer
verschwunden und keine weiteren Infos aus dem
Gen-Labor, usw.) bestand die Schwierigkeit darin,
nicht die falschen Schritte zu machen. Leopold verblüffte Waldemar vom Wotansgrund und Knut Papenbeck gleichermaßen mit seiner glasklaren Be-
standsanalyse des bisherigen Geschehens, als
auch durch die Maßnahmen die er inzwischen ge-

troffen hatte. Denn sie waren noch keine Viertel-
stunde im Büro, als Leopolds langjähriger Spezl
Franz-Xaver Wondracek auf seiner chromblitzen-
den Harley-Davidson Maschine eintraf. Ganz im Stil
eines Easy-Riders, aber mit dem Gehirn eines
Computer-Genies.

Leopold weihte auch Franz-Xaver in die Lage ein
und stellte allen seinen Plan noch einmal vor:

Krainauer hatte also als V-Mann der Wiener Abwehr von seinem Keller aus das Gen-Labor ausgespäht. Was und wie viel er herausgefunden hatte,
war unklar. Seine Entführung bzw. sein Verschwinden legte den Schluss nahe, dass seine Erkenntnisse brisant waren. Man musste also mit höchster
Dringlichkeit herausfinden, was es damit auf sich
hatte. Und das wäre nun die Aufgabe von Franz-
Xaver. Er, Leopold, sei sich sicher, dass es Franz-
Xaver gelänge, nicht nur den Informationsstand
Krainauers herauszufinden, sondern unbemerkt
das Computernetz des Gen-Labors zu hacken. Nur
so hätte man Gewissheit, wann die Verschwörer zuschlagen würden. Er ginge im Übrigen davon aus,
dass Johann im Labor gefangen gehalten wurde.
Natürlich wolle man Krainauer nicht im Stich lassen.
Im Gegenteil habe er schon einen Plan für dessen
Befreiung. Franz-Xaver Wondracek würde an einem noch zu bestimmenden Zeitpunkt genau defi-
nierte Sicherheitsanlagen im Institut abschalten.

Das wäre dann der Zeitpunkt, um in das Gebäude einzudringen und Johann zu befreien. Wenn das gelungen war – und wer wollte daran zweifeln - müsste man das zentrale Computersystem des Gen-Labors an Ort und Stelle so blockieren, dass die geplante Attacke mit Bio-Waffen – was immer es auch sein mochte – vereitelt werden konnte.

Der Abwehrchef müsse den Einsatz einer speziellen Eingreiftruppe vorbereiten, die per Helikopter auf das Institutsgelände fliegen, die Anlage stürmen und die Rädelsführer verhaften solle.

„Falls alles so klappt, wie ich mir das vorstelle", schloss Leopold sein Referat. Und fügte hinzu: „Ansonsten müssen wir flexibel einen Plan B aus dem Ärmel, bzw. unseren Gehirnzellen schütteln."

Knut Papenbeck rieb sich begeistert die knackenden Fingergelenke. Leopolds Lagebeschreibung und Plan waren von einer Stringenz, die jeden überzeugen musste. Das reinste Kunstwerk in seinen Augen. Der Innenminister seinerseits war gedankenversunken. Wie das Schicksal manchmal so spielt, dachte er sich. Die von ihm betriebene, ganz und gar ungerechte Strafversetzung Grubers in diesen abgeschiedenen Winkel der Republik stellte sich nun als der große Glücksfall dar. Abgesehen davon aber war es eine Schande, dass so ein Talent hier vergeudet wurde, während in seinem Ministerium so mancher hirnlose Trottel vor sich hin wurstelte. Er gelobte sich, wenn dieser Plan aufginge, oder ein anderer, wenn man die Verschwörung rechtzeitig aufdecken konnte, dann wollte er Leopold Gruber zum Polizeipräsidenten Wiens machen. Vorausgesetzt, der wollte das überhaupt.

Da man keine Zeit zu verlieren hatte, machten sich die vier auf den Weg in die „Auto-Klinik-Berghausen". Um keinen Verdacht zu erregen – denn man konnte nicht ausschließen, dass die Verschwörer unbekannte Helfershelfer im Ort haben – fuhren sie per Taxi zu der verwaisten Autoklinik. Dank Leopolds Schlüsselsammlung waren sie im Nu im Inneren. Dort war alles so, wie Leopold es seit seiner letzten Untersuchung verlassen hatte. Wer insgeheim darauf spekuliert hatte, Krainauer säße in seinem Büro und sagte überrascht „Womit kann ich dienen?" der wurde enttäuscht. Niemand war da. Akribisch wurden Werkstatt, Büro und vor allem der Kellerraum untersucht. Es war Franz-Xaver, der bald den entscheidenden Fund des Tages machte.

Krainauer hatte – wie Franz-Xaver insgeheim gehofft hatte - eine Kopie seiner Observierungsaktivitäten angefertigt. Diese allerdings so raffiniert versteckt, dass sie von den Eindringlingen nicht entdeckt werden konnte: Hermetisch dicht in Folie eingeschweißt und dann in einem der Altölfässer versenkt.

Der Abwehrchef machte sich nützlich, indem er den Datenträger aus seiner öltriefenden Verpackung herausbosselte. Inzwischen hatte Franz-Xaver ohne langes Federlesen das Passwort von Krainauers Hauptcomputer herausgefunden. Verheißungsvolles blaues Flimmern des Bildschirms beleuchtete die Szenerie. Der gefundene Datenträger wurde eingelegt und offenbarte seine Geheimnisse. Wondracek bewunderte die Akkuratesse und Umsicht, mit der Johann Krainauer vorgegangen war. Akribisch waren nicht nur die erforderlichen Zugangsdaten für das Computernetz des Genlabors erfasst, sondern auch alle bisherigen von ihm gewonnenen Erkenntnisse über die dortigen Aktivitäten und Vorhaben...

Unter diesen Umständen bereitete es Franz-Xaver keine Schwierigkeiten, die Verbindung zum Genlabor herzustellen.

Der Innenminister blieb so lange oben in der Werkstatt. Er sollte die anderen warnen, falls überraschender Besuch auftauchte. Außerdem war er alles andere als ein PC-Fachmann. Er war Politiker. Seine Stärke waren gedrechselte um nicht zu sagen, geschwollene Reden zu allen möglichen Lagen und Situationen der Republik. Allerdings haperte es sehr oft – wie andernorts auch – an der Umsetzung aller seiner Vorhaben. Was meistens, wie sich oft später herausstellte, das Beste für alle war. Erstaunte Ausrufe aus dem Keller veranlassten ihn, seinen Beobachtungsposten zu verlassen. Er kam rechtzeitig: Franz-Xaver hatte eine Verbindung zum Konferenzraum des Instituts aufgebaut. So konnten sie hören und sehen, was Adolf von Schönborn seinen Mitverschwörern dort mitteilte. Was die vier nun sahen und hörten, ließ sie erschauern:

Noch heute – gleich nach dieser letzten Konferenz - würden die Verschwörer zuschlagen. Ihre Waffe, die sogenannte österreichische Kampfkartoffel, war einsatzbereit. Man habe allerdings seit gestern noch die Richtungssteuerung verbessert. Jede Kartoffelpflanze verfüge nun über einen eingepflanzten Navigationschip. Die Kampfkartoffeln sollten – jedenfalls beim ersten Einsatz – bewohnte Gebiete verschonen. Unter allen Umständen sollte es keine Verletzte oder gar Tote geben. Fünfzig Pflanzen würden, quasi als Demonstration der neuen österreichischen Stärke durch Tschechien Richtung Weißrussland wuchern. Geschwindigkeit fünfzig Kilometer pro Stunde. Zeitdauer 48 Stunden. Unter wildem Gejohle und Applaus der anwesenden Verschwörer drückte Adolf von Schönborn, bekleidet mit einer historischen Generaluniform, auf einen großen roten Knopf. Die Dämonen waren losgelassen. Abwehrchef, Innenminister, Leopold und Franz-Xaver mussten zähneknirschend mitansehen, wie die grüne Phalanx sich zischend, rauchend und stinkend auf den verderblichen Weg machten.

20.   09:30 Uhr

<u>Ach du dickes Ei!</u>

Um die gleiche Zeit machten der Kanzler und seine Gattin Hannelore auf dem Balkon ihrer Wiener Wohnung eine scheußliche Entdeckung. Aus dem gestern deponierten Ei war über Nacht ein unansehnliches Monsterküken geschlüpft. Das wäre nun nicht so schlimm gewesen. Was den Kanzler stutzig machte, war die Tatsache, dass ein Teil der Balkonverkleidung verschwunden war. Und kurz darauf sah er auch schon warum: Unter ekelerregenden Furzgeräuschen entledigte sich das widerwärtige Küken einer großen Portion weißlicher Hühnerkacke. Und wo diese klatschend auftraf, wurde alles weggeätzt. Als habe das hässliche Jungfedervieh absichtlich und boshaft gezielt, knickte die eiserne Stütze des Balkons ein und dieser krachte in die Tiefe. Um ein Haar hätte er dabei die eben den

Hinterhof betretende Frau des Hausmeisters gestreift. Jovanka – eine sehr robuste Person – erschrak weniger über den Absturz des Balkons als über die Tatsache, dass ein laut gackerndes übergroßes Hühnerküken auf ihrem Kopf landete. In einem Reflex schleuderte sie das flügelschlagende Untier auf den Boden. Ohne zu zögern öffnete sie dann den Hundezwinger, in dem Hektor, der Wachhund der Kanzlerfamilie, saß. Hektor wusste instinktiv, was von ihm erwartet wurde. Er stürzte sich auf das Federvieh um es zu verschlingen, gierig wie der Wolf die sieben Geißlein. Aber Hektor hatte die hinterlistige Kreatur unterschätzt. Schon „feuerte" es eine Breitseite Hühnerkacke auf den unvorsichtigen Hektor ab! Kurz darauf verdrehte der die Augen, wankte und schwankte wie im Drogenrausch und mit schauerlichem Gejaule und krampfhaften Zuckungen ging er hinüber in die ewigen Jagdgründe. Es gab noch ein zischendes und knarzendes Geräusch und dann war Hektor verschwunden, aufgelöst von der „Hinterlassenschaft" des Kükens!

Wolfgang und Hannelore, die auch in den Hof gelaufen waren, brachen angesichts des grausamen Hinscheidens ihres vierbeinigen Lieblings in Tränen aus. Der gute Hektor, den sie gehätschelt hatten wie ein Kind, war dahin. Aber nicht weil er unvorsichtig und gierig brüchige Hühnerknochen verschlungen hatte und so sein empfindlicher Magen verletzt wurde. Es war offensichtlich Hühnerkacke, die des Ende Hektors verursacht hatte.

„Dieses Küken ist ein Werk des Teufels", entfuhr es dem Kanzler.

Und er erinnerte sich in diesem unseligen Moment an die kritische Frage des Journalisten von „Da legst dich nieder!" nach der sogenannten Hinterlassenschaft der Gen-Hühner. Von wegen Zickezacke-Hühnerkacke. Und wie ignorant und lächerlich seine Bemerkung gewesen war, man ließe sich nicht in die Hühnersuppe spucken. Der kritische Reporter von „Da legst Dich nieder!" hatte doch den richtigen Riecher gehabt.

Irgendetwas war faul an den Riesenhühnern. Dann fiel es dem Kanzler wie Schuppen von den Augen. Hatte Adolf von Schönborn nicht damit geprahlt, dass diese vermaledeiten Hühner bevorzugt Müll und Abfälle aller Art fräßen? Aber hinterlistig verheimlicht, dass deren Kacke so verheerend wie Säure wirkte! Die jüngst noch so gelobten Hühner mitsamt ihren Eiern waren dem Kanzler schlagartig nicht mehr geheuer. Noch schlimmer: Die überhebliche Inszenierung des Kaiserschmarrn-Banketts im Maria-Theresia-Saal war so gesehen idiotisch und voreilig gewesen. Genau genommen hatte die PR-Aktion das Zeug, sich zur größten Blamage seiner Kanzlerschaft zu entwickeln. Ganz Österreich würde sich totlachen über ihn. Er war erledigt! Seine

Zustimmungsrate würde von zuletzt 86 Prozent auf unter null absacken.

Maßlose Wut ergriff den kleinen Kanzler. Er rief einen der Wachleute herbei und befahl, das Küken zu erschießen. Der Zorn des Kanzlers war damit nicht verraucht. Erzürnt rief er:

„Das soll er mir büßen, dieser Schuft. Ich fahre sofort ins Institut. Und Du kommst mit Hannelore."

Sofort machten sich beide, gefahren von Kurti, auf den Weg ins geheime Genlabor im Franz-Joseph-Wald. Der Kanzler hatte seine lädierten Nerven inzwischen wieder so weit im Griff, dass er während der Fahrt den Innenminister anrufen konnte. Erstens war der Innenminister auch Vizekanzler und zweitens hatte ihm Waldemar vom Wotansgrund schon öfter sehr brauchbare Ratschläge erteilt. Er schilderte ihm, was das auf dem Balkon geschlüpfte Küken mittels seiner sogenannten Hinterlassenschaft enthüllt hatte: Die Hühnerkacke war brandgefährlich. Deshalb war der Kanzler einigermaßen überrascht, als der Vizekanzler zu der Geschichte nur vage bis nichtssagende Bemerkungen machte, ihm aber abriet, ins Genlabor zu fahren.

Der Kanzler protestierte:

„Begreifen Sie denn nicht, Herr Innenminister, dass ich mir diesen sauberen Herrn von Schönborn sofort vorknöpfen muss. Ich verlange von ihm eine öffentliche Erklärung, dass er mich über die Gefahren der Genhühner nicht aufgeklärt hat. Sozusagen ein hieb – und stichfestes Schuldeingeständnis. Nur so ist eine Riesenblamage vermeidbar. Wie stehe ich denn vor der österreichischen Öffentlichkeit da nach dem großen Kaiserschmarrn Bankett?"

Dass der Vizekanzler ihn auf einmal duzte, verblüffte „das Wolferl" sehr:

„Wolfgang, ich rate Dir dringend ab, jetzt ins Genlabor zu fahren."

Der Kanzler, nun ebenfalls im vertraulichen Du:

„Ja warum denn? Begreifst du denn nicht die Tragweite dieser Affäre, Waldemar?"

„Wolfgang, ich bin nicht allein. Bei mir ist Knut Papenbeck."

„Unser Geheimdienst-Papst?"

„Genau der. Und jetzt pass auf: Knut und ich und ein sehr fähiger Polizeibeamter haben über diesen sauberen Adolf von Schönborn noch ganz andere Sachen herausgefunden. Der Mann ist wahnsinnig. Ein Wissenschaftler ohne Gewissen, nein, ein Teufel im Laborkittel. Und: Im höchsten Grad staatsgefährdend. Er plant eine noch nie dagewesene Sauerei. Dagegen ist Dein Kaiserschmarrn im Maria-Theresia-Saal von neulich nicht mehr als eine kleine komische Oper, meint Knut."

„Das kann der leicht sagen, weil es nicht um seine Haut und seinen Posten geht."

„Wolfgang, du irrst dich."

„Dann sag' mir worum es geht."

„Nicht am Telefon."

„Warum denn diese Geheimniskrämerei?"

„Weil Schönborn Dein Telefon angezapft hat!"

Den Kanzler packte ein Gefühl der Ohnmacht. Sofort schlug seine Meinung über den Innenminister um. Wer garantierte denn, dass Waldemar die Wahrheit sagte? Gut möglich, dass das Ganze ein mit Knut abgekartetes Intrigenspiel war mit dem Ziel, ihn, den Kanzler fertig zu machen. Nein, er könnte ab sofort niemandem mehr vertrauen. Minister und Ministerialbeamte waren nichts als unzuverlässige Opportunisten, die ihre Fahne in jeden Wind hängten, der gerade das Zeugs zum kurzfristigen Mainstream zu haben schien. Nein, auf solche Menschen konnte er nicht zählen. Er war auf sich allein gestellt. Es war ihm klar: Entscheidend waren jetzt seine eigenen Ansichten. Er befahl Kurti noch einen Zahn zuzulegen.

Nach einer verwegenen Fahrt kamen sie im Institut an. Die Wache am Eingangstor öffnete ohne zu fragen die Schranken. Wie immer salutierten sie. Na also. Es schien alles in Ordnung zu sein. Der

Kanzler lief, Hanelore an der Hand, direkt in das Büro von Schönborn. Der hatte immer noch die historische Generalsuniform an.

„Herr von Schönborn, wozu diese Aufmachung? Bereiten Sie sich etwa schon auf den Wiener Opernball vor?"

„Nein Herr Dr. Frisch. Diese Uniform unterstreicht meinen Rang als kommandierender General der neu gegründeten Streitkräfte von Österreich-Ungarn?"

„Österreich-Ungarischer General? Sind Sie verrückt geworden?"

„Ganz im Gegenteil. Ich war noch nie so umsichtig wie jetzt!"

„Umsichtig hätten Sie bei der Entwicklung dieser Großhühner sein sollen. Wissen Sie, dass aus dem Ei, welches Sie mir gestern überreichten, ein Küken geschlüpft ist?"

„Was geht denn mich Ihre private Hühnerzucht an, Herr Kanzler?"

„Ich verbitte mir diesen unverschämten Ton, Herr von Schönborn. Dieses Küken hat mit seiner Hühnerkacke den Balkon meiner Wohnung zum Einsturz gebracht!"

„Erst stürzt der Balkon, dann der Herr selber", orakelte Adolf hämisch.

Der Kanzler war außer sich. Er schrie:

„Sie haben mich absichtlich nicht über die Gefahren dieser Hühnerkacke aufgeklärt. Das grenzt an Hochverrat. Hiermit sind Sie abgesetzt, Sie Scharlatan."

Adolf von Schönborn lachte wie ein toll gewordener Ziegenbock:

„Und Sie, mein lieber Kanzler, sind auch abgesetzt. Und nicht nur das. Kraft meines Amtes als kommandierender General lasse ich Sie verhaften. Wache! Festnehmen! Und ab ins Kellerloch!"

Ehe der verdutzte Kanzler wusste, wie ihm geschah, eilte ein Trupp Uniformierter herbei. Im Nu war er, ebenso wie Hannelore, gefesselt.

„Bringt die beiden zu dem Spitzel aus der Autowerkstatt. Vorher sollen sie aber Seiner Majestät, Maximilian IX., dem designierten Kaiser von Österreich-Ungarn noch den nötigen Respekt erweisen", rief Schönborn zynisch. Und er setzte triumphierend hinzu: „Ich, Adolf von Schönborn habe hinter Ihrem Rücken eine biologische Vernichtungswaffe entwickelt. Die sogenannte österreichische Kampfkartoffel. Mit diesem unschlagbaren militärischen Druckmittel werde ich die k. u. k. Monarchie wieder herstellen. Und noch eins: Die großen Hühner wurden nur entwickelt, um Sie über meine wahren Absichten zu täuschen. Es lebe Groß-Österreich. Heil!"

Als man den Kanzler und seine Frau in den Keller zerrte, winkte ihnen tatsächlich aus dem offenstehenden großen Konferenzraum der leibhaftige Kaiser von Österreich zu. Der saß auf einer Art Thron und ließ sich von vier Musikern das Kaiserquartett von Haydn vorspielen. Der Kanzler glaubte, im Erdboden zu versinken. Der „Kaiser" war niemand anderes als sein Kultusminister. Welche Ironie des Schicksals und welches Schurkenstück zugleich: Diese Kanaille machte eine Karriere von der Kabinettsschwuchtel zum Kaiser, wogegen die Laufbahn des kleinen Kanzlers beendet schien.

Während Dr. Frisch noch hoffte, das Ganze sei nur ein wüster Albtraum, aus dem er gleich erwachen würde, stießen die Wachen eine schwere Kellertür auf und die beiden Gefangenen in einen düsteren Raum hinein. Sie vergaßen nicht, das Kanzlerehepaar zu durchsuchen. Selbstverständlich wurden ihnen die Handys abgenommen. Wie Adolf von Schönborn angeordnet hatte, wurde Fahrer Kurti mit der Erklärung weggeschickt, Kanzlers blieben länger.

So machte der Kanzler Bekanntschaft mit Johann Krainauer, dem gefangenen V-Mann der Abwehr. Dr. Frisch war wie vor den Kopf geschlagen. Diese Verschwörer um den umstürzlerischen Adolf von Schönborn wollten die Republik auflösen, die Demokratie abschaffen und an deren Stelle wieder die

k. und k. Monarchie einführen. Und das vermittels einer im Labor entwickelten österreichischen Kampfkartoffel!!! Auf das Täuschungsmanöver mit den Riesenhühnern war er wie ein Tölpel hereingefallen.

Wieso in Dreiteufelsnamen hatte er davon nichts gewusst? Hinter jeder respektlosen Bemerkung eines Kabinettsmitglieds vermutete er sonst den Beginn einer Palastrevolution. Aber so etwas wie die „Kaiserreich-Phantasien" in Verbindung mit Kampfkartoffeln eines durchgeknallten Adolf von Schönborn wäre ihm nicht im Traum eingefallen. Jetzt konnte er nur hoffen, dass Waldemar vom Wotansgrund und Knut Papenbeck das Richtige unternahmen.

Hannelore sank fassungslos auf einen Stuhl. Es wäre ihr tausendmal lieber gewesen, ihren Mann in flagranti beim Sex mit einem Instituts-Luder zu ertappen, als mit ihm zusammen in diesem Verlies zu landen. Weinend warf sie sich ihrem abgehalfterten Ritter an die schmale Brust.

21.   10:00 Uhr

Abwehrpläne

„Und was machen wir jetzt?" fragte mit einem un-
überhörbaren Anflug von Verzagtheit der Innenminister in die kleine Runde. Die vier Männer befanden sich immer noch in Johann Krainauers Auto-
Klinik. Abwehrchef, Leopold Gruber und Franz-
Xaver Wondracek schwiegen. Keiner hatte damit
gerechnet, dass die Verschwörer so schnell zuschlagen würden. Da war allerdings guter Rat teuer.

Ein weiteres Mal bewies dann Leopold sein Talent der brillanten Analyse und Planung.

„Nur nicht entmutigen lassen, Herrschaften. Wir
haben insofern Glück im Unglück, als mit der neuen
Steuerung der Kampfkartoffeln fürs Erste die ganz
große Katastrophe vermieden wird. Es wird keine
Toten oder Verwundeten geben, da die Kartoffeln
durch unbewohntes Gebiet ziehen. Was sich allerdings auf den Straßen abspielen könnte, ist die
große Frage. Was passiert, wenn die Pflanzen sich
eine Autobahn als Aufmarschlinie wählen, weiß keiner. Hoffen wir das Beste. Zweifellos beweist die
Konsequenz, mit der Schönborn die Bio-Waffe ein-
setzt, dass es ihm ernst ist mit der Abschaffung der

Demokratie und der Wiedererrichtung des Kaiserreichs. Allerdings ist das Vernichtungspotential der Kampfkartoffeln und die damit verbundene Drohung und Einschüchterung das eine, die Veränderung einer Staatsform aber etwas anderes. Das ist durchaus ein Vorgang, den man nicht so ohne weiteres bewerkstelligen kann. Für uns stellen sich akut folgende Fragen: a) Wie können wir Adolf von Schönborn ausschalten? b) Kann die die sogenannte österreichische Kampfkartoffel unschädlich gemacht werden? Und c) Wie befreien wir den Kanzler, seine Frau und Krainauer?"

Zu Punkt a meldete sich Wondracek:"Wir müssen das Institut sofort von jeglicher Kommunikation abschneiden. Den Teil übernehme ich. Was eine mögliche Stürmung der Anlage betrifft, kann ich dafür sorgen, dass das Sicherheitssystem (also die Alarmanlagen) ausfällt."

Was b anbelangt, erklärte der Innenminister:

„Ich werde den Verteidigungsminister anweisen, die Kampfkartoffel mit den üblichen militärischen Mitteln (also mit Bomben und Granaten) unschädlich zu machen."

Wondracek ergänzte:

„Durch die neue Steuerung der Kampfkartoffeln können wir deren Position genau ausfindig machen.

Die Daten kann ich dem Militär problemlos zu Verfügung stellen. Ein bedeutender Vorteil für alle Eventualitäten. Aber da fällt mir ein: Was wir nicht wissen: Was passiert, wenn die 48 Stunden vorüber sind an der Kartoffelfront? Ich meine, falls dieses Zeugs nicht mit Bomben und Granaten zerstört werden kann. Gehen die Pflanzen ein, oder warten sie auf neue Befehle aus der Laborzentrale des Instituts? "

Zu Punkt c schlug Papenbeck vor:

„Wir stürmen die Anlage. Nach meinen Informationen befinden sich dort keine Waffen, da die Verschwörer voll auf biologische Kampfstoffe gesetzt haben. Das ist natürlich ein Fehler. Sobald wir Schönborn festgenommen haben, zwingen wir ihn, den Vormarsch der Kartoffeln zu beenden. Die Befreiung der Gefangenen ist dann eigentlich nur noch eine Formsache."

Leopold Gruber übernahm automatisch die Führung des improvisierten Krisenstabs. Also wurde auf seinen Wink hin erst einmal die Kommunikationsbasis des Gen-Labors unterbrochen. Extern und intern. Um dort größtmögliche Verunsicherung und Chaos zu erzeugen, sollte auch die Stromversorgung immer wieder unterbrochen werden. Der Innenminister wies den Verteidigungsminister an, die vormarschierenden Kampfkartoffeln mit Jagdbombern attackieren zu lassen. Nachdem Waldemar vom Wotansgrund den zunächst skeptischen Verteidigungsminister mit der ungeschminkten Wahrheit aus dem Genlabor konfrontiert hatte, zögerte der gar nicht lange. Für diesen nationalen Notstand genügten drei weitere Telefonate, jeweils in Verbindung mit dem Code-Wort und kurz darauf stiegen von einer Luftwaffenbasis in Kärnten fünf Jagdbomber auf. Bestückt mit Luft-Boden-Raketen.

Papenbeck hingegen beorderte per Helikopter eine Sondereinheit von fünfzehn Mann in den Franz-Joseph-Wald. Spezialisiert auf Terrorabwehr, Stürmung von schwierigen Objekten und Geiselbefreiung.

22.   12:00 Uhr

Mit Hermine im geheimen Institut.

Während in der Autoklinik Berghausen, im Verteidigungsministerium und beim Geheimdienst die Köpfe rauchten und aller Nerven zum Zerreißen gespannt waren, während im Gen-Labor wegen der Kommunikationsprobleme und der periodischen Stromausfälle Unruhe aufkam, wandelte Hermine

Bradel in heiterster Stimmung durch den Franz-Joseph-Wald. Wie ein unschuldiges Rotkäppchen huschte sie schmetterlingshaft hin und her. Und oh Wunder! Sie stieß dabei an allen Ecken und Enden auf die reinste Schwammerl-Schwemme. Vor allem Steinpilze und Pfifferlinge. Nun war Hermine zwar eigentlich in den Wald gefahren um die nötigen Beweise für die Untreue des Kanzlers finden, aber als Pilzsucherin - selbst wenn diese Tätigkeit wie erinnerlich, nur fingiert war - konnte sie an so herrlichen Exemplaren dieser Gattung einfach nicht vorübergehen. Im Nu war ihr Korb voll. Daraus würde sie morgen mit Josephine Kandler Schwammerl mit Semmelknödel fabrizieren.

Hermine hatte natürlich keine Ahnung, was gleichzeitig um sie vorging. Und es war diese Unwissenheit, die von ihrem Lieblingsengel, dem Heiligen Michael ihr persönlich verliehene Blauäugigkeit, welche sie vor den lauernden Gefahren beschützte.

Da die Alarmanlagen außer Kraft waren, konnte Hermine, nachdem sie auf dem Gelände des suspekten Instituts angelangt war, ohne Schwierigkeiten das Gebäude betreten. An der Eingangspforte war niemand, der sie aufhalten könnte. Schönborn hatte die Wachen in sein Büro beordert, um trotz des Ausfalls der Sicherheitssysteme einen Mindestschutz zu organisieren. Auf den zahlreichen Fluren und Treppen summte und brummte es wie in einem tollgewordenen Bienenstock. Hermine begriff sehr schnell, dass hier Ungewohntes vor sich ging. In der Kleiderkammer zog sie sich geistesgegenwärtig einen blütenweißen Labormantel an. Mit dieser perfekten Tarnung konnte sie sich unerkannt im Institut bewegen.

Bei den Verschwörern und ihren Helfershelfern machte sich derweil Ratlosigkeit und auch Verunsicherung breit. Da im Institut alles immer reibungslos und perfekt funktioniert hatte, erlebte man nun eine Situation, welche die grundsätzliche Überzeugung erschütterte, alles sei beherrschbar. Stromausfälle und Unterbrechung der Kommunikationstechnik zeigten die von Gruber und Wondracek erhoffte fatale Wirkung. Jede Frage an einen Kollegen, jeder Schritt, jegliche Abstimmung mit anderen Abteilungen erforderten entnervende Mühe. So eilten die einen in dies Büro, um dort niemanden anzutreffen, weil jene nach anderen suchten. Mit dem Resultat, dass man kaum jemand an seinem Platz antraf. Die Arbeit in den Labors kam vollkommen zum Stillstand, denn alle Geräte fielen aus und wichtige Versuche misslangen gänzlich. Am bedenklichsten war die Lage in der sogenannten Produktionsabteilung. Dort war man mit Hochdruck damit beschäftigt gewesen, eine zweite Armee der Kampfkartoffel aufzustellen. Dr. Maximilian Quittenhausen, der die

Abteilung leitete, war verzweifelt. Die Frucht tagelanger Arbeit war vernichtet. Wegen Stromausfalls. Wie beschämend. Statt bedrohlicher Kampfkartoffeln hatten sich lächerliche Kichererbsen entwickelt, die noch dazu in kürzester Zeit eingingen. Er machte sich auf den Weg in die technische Abteilung, damit diese das Notstromaggregat in Betrieb setzten. Da dort niemand auffindbar war, entschloss sich Quittenhausen, ins Chefbüro zu eilen. Dort erfuhr er zu seinem Entsetzen, dass man die Notstromaggregate nicht in Betrieb nehmen konnte. Deren Steuerung war aus unerklärlichen Gründen ausgefallen. Die beiden Verschwörer ahnten nicht, dass Franz-Xaver dahintersteckte. Der wusste selbstverständlich, wie man ein modernes Stromaggregat schachmatt setzt.

Den beiden Chefbiologen blieb nichts anderes übrig, als darauf zu vertrauen, dass die institutseigene Technikabteilung die Ursache für die Stromausfälle umgehend herausfinden würde.

Zur weiteren Krisenbesprechung machten sich Quittenhausen und von Schönborn auf dem Weg zum „Kaiser". Schönborn wie immer cool und beherrscht, ein Fels in der Brandung. Quittenhausen dagegen, zwar fachlich unfehlbar und hervorragend, wurde heimgesucht von Wankelmut und Zweifeln. Schönborn wusste um das labile Nervenkostüm seines Leitenden Assistenten. Dessen Neigung zu ängstlicher Larmoyanz und kassandrahafter Schwarzmalerei mochten ein nützliches retardierendes Moment sein, wenn er, Schönborn, wieder einmal zu waghalsige, zu leichtsinnige Pläne schmiedete. Aber jetzt, in der Stunde der Bedrängnis, waren eiskaltes Handeln, waren kühles Blut und beherzter Wagemut die entscheidenden Tugenden.

Entgegen seinem Grundsatz, allen Mitarbeitern gegenüber bei aller Höflichkeit strikte Distanz zu wahren - er hielt sich für eine Art Übermensch, ein von Gott auserwähltes Alpha-Geschöpf - legte Schönborn beruhigend den Arm um Quittenhausens Schulter. Der Chef spürte, wie gut dies seinem Ersten Assistenten tat. Und es bestätigte wieder einmal seine Meinung über sich selbst, er könnte alles und jeden nach Belieben lenken. Sie betraten den Raum, in dem der „neue Kaiser" thronte.

Nur ungern unterbrach der Kultusminister alias Maximilian IX. das Konzert seiner kleinen Hofkapelle. An Schönborns Gesicht konnte er ablesen, dass jetzt nicht die Stunde für Kammermusik war. Mit einer imperialen Handbewegung beendete Maximilian IX. die Darbietung der vier Musikanten.

„Was ist so wichtig, dass man mich unangemeldet stört?" So versuchte er einen Scherz. Doch sein naiver Frohsinn verflog rasch, als Adolf von Schönborn, begleitet von Quittenhausen, loslegte:

„Also, Majestät, jetzt pass' mal auf. Wir haben einen Totalausfall unserer Informationstechnologie und sporadische Unterbrechungen der Stromversorgung."

Der „Kaiser" wurde hellwach. Er nahm seine Krone (ein leicht tragbares Kunststoffimitat) ab und fragte:

„Und was bedeutet das, General?"

„Das bedeutet, dass jegliche Kommunikation, sowohl intern als auch extern unmöglich ist. Im Klartext: Kein Telefon funktioniert. Dazu kommen die Stromausfälle. Das heißt, wir können nicht weiterarbeiten. Feierabend für heute."

Quittenhausen klagte:

„Wir wollten gerade die Reservearmee der Kampfkartoffel fertigstellen. Aus. Vorbei. Alle Geräte stehen still. Statt Kampfkartoffeln haben wir Kichererbsen produziert. Und das finde ich nicht zum Lachen."

Der „Kaiser" wurde ärgerlich:

„Wir haben doch für einen Haufen Geld eine hochmoderne Notstromversorgung angeschafft. Ist schon jemand auf die Idee gekommen, die in Betrieb zu nehmen?"

„Ja, mein Kaiser", knurrte Schönborn. „Aber sie funktioniert nicht."

„Was sagen denn unserer Leute von der Technik dazu?"

„Die stehen vor einem Rätsel."

Der Kaiser ärgerlich zu Quittenhausen: „Wenn ich mir das als Laie so zusammenrechne, dann fällt mir nur ein Wort ein: Hackerangriff."

Schönborn atmete auf, dass nicht er sondern der „Kaiser" dieses Unglückswort ausgesprochen hatte:

„Richtig, den Verdacht hatte ich auch."

„Und was gedenken Sie zu tun"? schnauzte Maximilian IX. den General an.

Adolf von Schönborn atmete tief durch. Jetzt war nicht die richtige Zeit für Empfindlichkeiten. Man erwartete von ihm einen Plan. Und den hatte er.

„Vor allem müssen wir jetzt Ruhe bewahren und konsequent unsere Ziele verfolgen. Das Wichtigste. Die erste Staffel unserer Kampfkartoffeln ist planmäßig auf dem Weg. Sicher nicht unbemerkt von der Öffentlichkeit. Der zweite Trumpf: Der Kanzler und dessen Frau sind in unserer Gewalt. Zusammen mit dem enttarnten Spitzel Krainauer. Bei einem Hackerangriff ist es üblich, dass Forderungen gestellt werden. Wir könnten also die Geiseln tauschen gegen Wiederherstellung unseres Computersystems. Bleibt die Frage: Wer steckt hinter dem Hackerangriff. Sollte es der österreichische Geheimdienst sein, dann müssen wir davon ausgehen, dass sie von unserer Aktion Wind bekommen haben. Falls ja, werden sie sich hüten, die Öffentlichkeit zu informieren. Denn die dann entstehende Massenpanik wäre nicht beherrschbar. Sie werden aber alles tun, um den Vormarsch unserer Wunderwaffe zu stoppen. Wie wir alle wissen, ist das unmöglich. Die österreichischen Kampfkartoffeln werden im Gegenteil der Programmierung folgen und 48 Stunden lang eine Spur der Verwüstung hinterlassen. Womit wir rechnen müssen– immer vorausgesetzt, der Geheimdienst hat Wind bekommen von unserem Vorhaben – ist ein Angriff durch Geheimdienst oder Militär auf das Institut. Aber auch damit werden sie uns nicht klein kriegen. Denn es gibt eine Abwehrfront, mit der sie wohl nicht rechnen. Das sind unsere Monster-Hühner. Diese können wir zu hochaggressiven Verteidigern aufrüsten. Und wie? Jedes Huhn wird durch einen von mir entwickelten Impfstoff in seinem Grundwesen so verändert, dass es nach dem Impfvorgang zu einem fleischfressenden Kampfhuhn wird. So ist jede eventuelle Erstürmung unseres Instituts illusorisch. Danach wird man in Wien zu Kreuze kriechen und mit uns Kontakt aufnehmen. Dann stellen wir die Bedingungen: Strom und ungestörtes Computernetz gegen Geiseln.

Zum Schluss: Sollte es sich um die üblichen Hacker handeln, werden die in erster Linie Geld wollen. Wir zahlen und machen weiter wie geplant."

Der „Kaiser" war beruhigt. Quittenhausen und Schönborn bereiteten mit zehn Mitarbeitern die Impfaktion vor. Die Lage schien sich zu entspannen. Maximilian IX. zog sich zurück um an seiner große Inthronisationsrede zu feilen...

23.　　　　15:00 Uhr

Ungleicher Kampf gegen Kartoffeln und Hühner.

Die Piloten der österreichischen Luftwaffe konnten, wie Adolf von Schönborn wusste, gegen die Armada der österreichischen Kampfkartoffeln nichts ausrichten. Die abgeschossenen Raketen, ebenso wie die Bomben, verpufften wirkungslos im Grünen. Ganz im Gegenteil schien der Beschuss den Vormarsch eher anzustacheln. Nachdem die Kampfflieger ihr gesamtes Waffenarsenal verschossen hatten, kehrten sie unverrichteter Dinge auf ihren Fliegerhorst zurück. Der Verteidigungsminister meldete den Fehlschlag dem Innenminister, der dazu gotteslästerlich fluchte.

Auch der Angriff der Spezialeinheit für Terrorabwehr und Geiselbefreiung stand unter einem Unstern. Dabei war der Einsatz professionell durchgeführt. Mit zwei Hubschraubern rückten die Angreifer an. Einer verharrte zur Absicherung in der Luft, während sich aus dem anderen aus zehn Metern Höhe einige Männer abseilten. Alle mit automatischen Waffen versehen und durch schusssichere Westen geschützt. Sie schienen zunächst leichtes Spiel zu haben, denn das wiesenartige Areal des Instituts war ein idealer Landeplatz. Sie hatten aber gerade den Boden betreten und sammelten sich zu weiterem Vordringen als sich in dem umzäunten Feld ein Tor öffnete und ein Schwarm großer Hühner auf sie losstürmte. Ehe es sich der Sturmtruppführer versah, war eines der rasenden Hühner auf ihn losgeflattert und verpasste ihm mit seinem Schnabel eine blutende Wunde am Arm. Der Schmerz war so groß und unerwartet, dass er sein Sturmgewehr fallen ließ. Er strauchelte und stürzte und am Boden liegend musste er zahlreiche Schnabelhiebe des Riesenhuhns einstecken. Ihm war, als schlüge man mit einem spitzen Hammer auf ihn ein. Seinen Kameraden erging es nicht viel besser. Sie kamen erst gar nicht dazu, ihre Waffen gegen das

flatterende Inferno einzusetzen. In dem unübersicht-
lichen Getümmel war die Gefahr, sich gegenseitig
über den Haufen zu schießen, zu groß. Die Über-
macht der Hühner war zudem erdrückend. Den
Männern blieb nichts anderes übrig, als schleunigst
den Rückzug anzutreten. Unter Aufbietung aller
Kräfte schafften sie es, ihren verwundeten Haupt-
mann unter dem geierhaft auf ihm herumpickenden
Federviehknäuel hervorzuziehen. Entnervt retteten
sie sich per Seilwinde in den über ihnen surrenden
Hubschrauber. Es war eine komplette Blamage.
Höhnisch gackerten dazu die Hühner, als könnten
sie ihren Sieg gar nicht laut genug bejubeln. Die
Männer waren frustriert. Ein Kampf gegen tollwü-
tige Hühner? Na servus! Das war noch ehrenrühri-
ger als gegen Zivilisten zu kämpfen. Und – es war
nie geübt worden. Keine Dienstvorschrift hatte sich
je mit so einem Szenario beschäftigt. Die Hubschrauber kehrten unverrichteter Dinge zurück in
die Einsatzzentrale. Knut Papenbeck war stink-
sauer.

Leopold hatte sich zwar von den beiden Aktionen
auch mehr erwartet. Aber er war nicht der Mann
sich davon entmutigen zu lassen. Sein Freund und
Spezl Franz-Xaver war von gleichem Schrot und
Korn. Beide tüftelten unverdrossen am nächsten
Plan. Man kam überein, die Gegner weiter schmo-
ren zu lassen. Die interne und externe Kommunikation im Institut bliebe unterbrochen. Man würde

auch keinen Kontakt mit Schönborn aufnehmen. Das Warten auf ein Angebot würde im Institut zermürbend wirken.

Dann machten Leopold und Franz-Xaver eine unerwartete Entdeckung. Ein Glücksfall. Denn Franz-Xaver fand im Archiv der Wiener Staatsbibliothek, Abteilung historische Bauten, heraus, dass das Gebäude in dem das Institut sich befand, eine lange Vorgeschichte hatte. Es war zuletzt im zweiten Weltkrieg eine Kaderschmiede der Nationalsozialisten gewesen. So weit so gut. Was keiner mehr wusste: Die Nazis hatten in ihrem Perfektionismus für alle Fälle einen Fluchttunnel gebaut. Und selbstverständlich Bauplan plus Genehmigung ordnungsgemäß archiviert. Ordnung muss sein.

„Leopold sah Franz-Xaver an und sagte:

„Denkst Du das Gleiche wie ich?"

„Aber freilich", lächelte der.

Leopold unternehmungslustig wie immer:

„Also dann, hinein ins Vergnügen."

24. 16:00 Uhr

<u>Zugriff!</u>

Selbstverständlich war das Vordringen des österreichischen Kampfkartoffelgeschwaders nicht unbemerkt geblieben. Scharen von Schaulustigen drängten sich links und rechts des apokalyptischen Geschehens. Selbstverständlich begleitet von einem riesigen Medienaufgebot. So verbreiteten sich die hirnrissigsten Nachrichten und Kommentare über eine merkwürdige Grüne Flutwelle und deren vergeblichen Beschuss durch österreichische Kampfbomber nicht nur in ganz Österreich sondern in der ganzen Welt. Sofort gab es die unumgänglichen Talk-Runden. Optimisten gleichermaßen wie Pessimisten kamen dabei zu Wort. Das Ergebnis waren diffuse Behauptungen von Verschwörungstheoretikern welche von der Landung grüner Intelligenz aus dem All bis hin zu einer blitzartigen Mutation von Gülle reichten. Untergangsszenarien waren allerorten wohlfeil. Beschwichtigungen von Experten bewirkten eher das Gegenteil in dieser aufgeheizten Situation. Das Ergebnis war eine Panik unvorstellbaren Ausmaßes. Schon gab es Flüchtlingstrecks in den betroffenen Gebieten. Verstopfte Straßen, Unfälle, Hamsterkäufe waren die Folge. Und alle rätselten darüber, warum man aus Wien nichts dazu hörte. Wo war der Kanzler? Wo der Vizekanzler? Abgetaucht. Ein landesweit bekannter Komiker witzelte, die Politiker wüssten davon nichts, weil sie eben Kaiserschmarrn Nummer zwei im Maria-Theresia-Saal äßen.

Obermeier von „Obermeier & Co." saß in seinem Büro und konnte die Augen nicht vom Fernseher abwenden. Sein Urteil war ebenso rabiat wie volksnah:

„Jetzt, wo man die Wiener Saubande bräuchte, ist keiner da. Die tun sich garantiert im Maria-Theresia-Saal gütlich am nächsten Kaiserschmarrn. Gleichzeitig geht Österreich vor die Hunde. Man sollte die ganze demokratische Bagage davonjagen. Schluss mit lustig! Was wir jetzt brauchen, ist ein Staatsapparat, der durchgreift. Am besten wir führen das Kaiserreich wieder ein!!!"

Obermeier, der Wiener Bourgeois, hatte keine Ahnung, wie nahe er damit den Absichten der Verschwörer kam.

Nahe am Labor waren inzwischen Leopold und Franz-Xaver. Ohne große Mühe hatten sie den Eingang zum alten Nazi-Tunnel gefunden. Neben einem riesigen Laubhaufen war die gesuchte Wölbung im Boden schnell aufgetan. Über eine Luke gelangten sie ins Innere des Tunnels. Der war nach all den Jahren in einem unerwartet guten baulichen Zustand. Sie legten darin etwa zweihundertfünfzig

Meter zurück. Beide Männer bewegte nur eine Frage: Ist die Tür am Ende offen oder zu?

Sie war nicht nur unverschlossen, sie war sogar offen, was einer gewissen Logik nicht entbehrte. Bei Kriegsende hatten die Anhänger des damaligen Adolf anderes im Sinn gehabt als vorschriftsmäßiges Verschließen von Fluchtwegen. „Auf und davon, wir waren es nicht", so lautete wohl das Credo der flüchtigen Nazis. Gut jetzt für Leopold und Franz-Xaver die sich so ohne anstrengende Wühlarbeit im Keller des Instituts befanden. Franz-Xaver bewaffnet mit Laptop, Leopold hatte seine Dienstpistole dabei.

Über eine modrige Treppe tasteten sie sich nach oben. Das Glück war ihnen weiterhin hold, denn sie mussten nur ein paar alte mit Wehrmachtsgeraffel gefüllte Regale beiseiteschieben und schon befanden sie sich in der Nähe des Kellerlochs, wo die drei Gefangenen, noch nicht verschmachtet, aber stark frustriert ausharrten. Leopold und Franz-Xaver staunten nicht schlecht, als sie bei einer alten Tür Klopfgeräusche wahrnahmen. Leider war diese Tür verschlossen. Franz-Xaver dem nichts entging, machte kehrt. Aus dem Wehrmachtsregal organisierte er einen stählernen Geißfuß. Damit hebelten die beiden Männer die Türangeln der Zelle auf. So befreiten sie den Kanzler, dessen Frau und Johann Krainauer. Leopold legte warnend den Finger auf seinen Mund und so mussten die drei Befreiten ihre Fragen nach dem wie und warum aus Sicherheitsgründen erst einmal zurückstellen. Man durfte nicht vergessen: Man war in der Höhle des Löwen. Der war zwar verwundet, aber immer noch gefährlich.

Leopold flüsterte:

„Jetzt knöpfen wir uns diesen Adolf von Schönborn vor."

Sicherheitshalber hielt er seine Pistole schussbereit.

Vorsichtig durchkämmten sie das Institut. Franz-Xaver hatte auf seinem Laptop den Bauplan des Instituts parat. So mussten sie nicht endlos herumirren auf ihrem Weg ins Chefbüro. An der ersten Flurgabelung gab es eine große Überraschung. Sie stießen auf Hermine. Die hatte sich wegen ihrer bekannten Orientierungsschwäche wieder einmal verlaufen. Als sie den Kanzler, Hannelore und Leopold erblickte, drückte dieser ihr gerade noch rechtzeitig die Hand auf den zum Freudenschrei offenen Mund. Hermine führte die Freunde zur Kleiderkammer. Dort schlüpften auch die fünf in weiße Laborkittel und mit dieser sehr einfachen aber wirkungsvollen Camouflage konnten sie sich unverdächtig auf den Weg ins Büro Schönborn begeben.

Schönborn, alias „der General" und der Kultusminister als "Kaiser" erblassten, als plötzlich die Tür aufgestoßen wurde und sechs Personen ins Büro platzten. Angesichts Leopolds gezogener Dienstpistole unternahmen die beiden Hauptverschwörer keinerlei Fluchtversuch. Franz-Xaver, unterstützt vom Kanzler, legte den Rädelsführern Handfesseln an. Hermine und Hannelore sanken sich derweil in die Arme.

Dann herrschte Leopold die Gefangenen an:

„Das Spiel ist aus Herrschaften!"

Schönborn wutentbrannt:

„Noch lange nicht meine Herren."

Der Kanzler, ebenso wütend:

„Jetzt sind Sie endgültig erledigt, Sie Hochverräter."

Leopold, ganz die Ruhe:

„Vor allem aber verraten Sie uns, wie wir die Kampfkartoffeln stoppen können."

Der „Kaiser", kindisch plappernd, verriet:

„Die können nicht mehr gestoppt werden. Jedenfalls gebe ich den Code zum Stoppen der Kampfkartoffeln nicht preis. Den Zettel, wo er draufsteht, habe ich verspeist."

Nun frohlockte Schönborn triumphierend:

„Gut gemacht, Majestät. Somit bin ich der einzige, der den Code kennt. Und ich will eher sterben, als mein Lebenswerk verraten."

Leopold schnauzte ihn an:

„So leicht stirbt keiner. Hören Sie mal gut zu. Abgesehen davon, dass wir es irgendwie doch schaffen, diese perfiden Kartoffeln zu vernichten, werden Sie so oder so Ihrer gerechten Strafe nicht entgehen. Denken Sie denn gar nicht an das Leid und die Gefahren, welche sie mit diesem genetischen Humbug heraufbeschwören?"

Schönborn war an seiner empfindlichsten Stelle getroffen:

„Wie können Sie es wagen von genetischem Humbug zu labern? Sie sind doch lediglich die Karikatur eines unbedeutenden Menschen. Mich aber, Adolf von Schönborn, hat die Vorsehung auserwählt, mit meinen wissenschaftlichen Versuchen die Menschheit in eine neue schönere Zukunft zu führen. Und niemand wird mich daran hindern können."

Als nun Hermine respektlos „Amen" sagte, rastete Adolf völlig aus. Die Augen quollen ihm aus dem Schädel, er keuchte und spuckte und artikulierte gleichzeitig speicheltriefend Unverständliches. Dahin waren seine Coolness und Contenance.

Leopold kannte das alles von diversen Festnahmen.

„Nur nicht aufregen, Sie Auserwählter. Sonst bekommen Sie am Ende noch einen Herzanfall. Jetzt gehen wir erst mal ganz brav in unsere Zelle. Da haben wir Zeit, in Ruhe über alles nachzudenken."

Und schon wurden der „General" und der „Kaiser" aus ihrem Büro gedrängt. Papenbeck, zwischenzeitlich informiert über den Grund des verlorenen Kampfes seiner Spezialeinheit gegen die Riesenhühner, rief Leopold per Handy an. Dieser grinste. Hühner als Bewacher. Genial.

An Schönborn gewandt meinte er ironisch:

„In Ihrem Alter ist frische Luft besser als der Mief im Kellerloch."

Während dieser und Kaiser Maximilian IX. noch rätselten, wie das gemeint sei, wurden sie nach draußen mehr gestoßen als geführt. Direkt auf die umzäunte Wiese neben dem vergitterten Freigehege der Hühner. Immerhin durften sie sich auf eine dort stehende Bank setzen. Franz-Xaver überraschte wieder einmal alle. Er brachte in Reichweite der Bank einen Bewegungsmelder an. Sollten General und Kaiser einen Fluchtversuch unternehmen, würde sich automatisch die Tür zu den nebenan lauernden hungrigen Hühnern öffnen. Schönborn hätte sich vor Wut am liebsten in den eigenen Hintern getreten. Dieser Teufel von Polizist lieferte ihn den Hühnern aus, die er, Adolf, persönlich mit Impfstoffen auf Verzehr von Menschenfleisch getrimmt hatte. Aber es half nichts. Er und der Kaiser saßen fürs Erste in der Patsche. Bewacht von ihren eigenen Kreaturen. Na Servus.

25.   17:00 Uhr

Das perfide Relais.

Leopold und Franz-Xaver setzten nun die nächste Phase ihres Plans um. Franz-Xaver reaktivierte die interne Kommunikation des Instituts. Über Lautsprecher und Gruppen-e-mails lösten sie dann einen Feueralarm aus. Und schon nach kurzer Zeit verließen alle Mitarbeiter das Institut. Kopfloser Exodus der Bio-Eierköpfe.

Jetzt war die Frage, wie man die Kampfkartoffel stoppen könnte. Eine harte Nuss, deren Lösung wieder einmal mehr dem glücklichen Zufall gelang. Befreier und Befreite versammelten sich im Büro von Adolf von Schönborn. Hermine, oder war es wieder der heilige Michael – half dem Glück auf die Sprünge:

„Ich glaube, wir alle brauchen jetzt erst mal einen Kaffee", schlug sie vor. Keiner widersprach. Schon eilte sie ins Nebenzimmer, um den dort stehenden

Kaffeeautomaten in Betrieb zu nehmen. Sie konnte nicht ahnen, dass sie beim Einschalten der Kaffeemaschine einen elektrischen Schaltkreis aktivierte. Die Kaffeemaschine war sozusagen eine Art trojanisches Pferd. Auf keinen Fall sollte damit Kaffee zubereitet werden. Verborgen darin lauerte die allerletzte widerwärtige Schweinerei Adolfs, falls der niemals zu erwartende Gau, die Stürmung seines Instituts, erfolgte.

Die vom Relais ausgelöste Steuerung bewirkte nämlich, dass die Kampfkartoffel, wo immer sie sich befand, umdrehen und Kurs auf die Landeshauptstadt Wien nehmen würde. Das war Adolfs ultimativer Racheakt für den Fall seines eigenen Untergangs. Alles und jeder sollte zugrunde gehen, wenn sein Plan misslang. Der Kaffee allerdings war sehr gelungen. Und er tat allen gut, nach viel Stress, Aufregung und Entbehrungen.

Leopold rief den Innenminister an: „Operation Tunnel erfolgreich beendet. Bitte kommen."

Da man Quittenhausen und Schönborn gut bewacht wusste, konnten sich alle auf den Weg zurück nach Berghausen machen. Innenminister und Abwehrchef waren inzwischen mit ihrem Mercedes angekommen, und nahmen den Kanzler, dessen Frau und J. Krainauer mit. Die anderen fuhren mit Leopolds Wagen.

In der „Linde" ließen sich alle österreichische Mehlspeisenspezialitäten schmecken. Man wird es dem Autor nachsehen und hoffentlich billigen, dass Kaiserschmarrn eher tabu war. Nicht so Dampfnudeln, Marillenknödel und Quarknudeln. V-Mann Krainauer saß neben dem Chef der österreichischen Abwehr, Hermine zusammen mit Hannelore und „dem Wolferl". Sowohl Hannelore als auch Hermine hatten nun wegen der vermuteten Sex-Eskapaden des Kanzlers ein Geheimnis, das sie wohl hüteten und an das sie sich bei vielen Kartenschwindeleien entzückt erinnern würden. Beide mussten den vermeintlichen Schwerenöter von jedem Verdacht freisprechen. Der Innenminister kaute nachdenklich an einem Palatschinken mit Kirschmarmelade. Dazu ein Gläschen Enzianschnaps. Er wollte Leopold gerade ein verlockendes Angebot machen, als im Fernsehen die nächste Sensation gesendet wurde:

Der Vormarsch der Kampfkartoffel war zum Stillstand gekommen! Nach dem vorhergegangen Fauchen und Rauchen, dem Angst einflößenden Wuchern der Bio-Waffe, mit verbrannter Erde und Gestank war die jetzt eintretende Ruhe unerträglich. Hunde zogen erschrocken ihre Ruten ein, es verschwand der Fuchs im Bau, Hasen ließen ihre Lauscher hängen und unzähligen schaulustigen Menschen stand der Mund offen. Die Kameraleute der verschiedenen Fernsehsender waren baff. Ging der

Spuk zu Ende? Diese Hoffnung trog jedoch. Denn schon ereignete sich die nächste Ungeheuerlichkeit: Die grüne Kartoffel-Phalanx drehte sich unter urzeitlichem Knirschen und Rumoren auf der Stelle. Um genau einhundertachtzig Grad, wie ein Reporter von ZIB erklärte. Nach dieser Drehung hielten die grünen Riesen erneut inne. Brauchten sie eine Rast? Wussten sie nicht mehr wohin? Auf fast allen Gesichtern konnte man die bange Frage lesen: Was hat die Kampfkartoffelschwadron jetzt vor?

Begleitet von lautem Wehklagen und fassungslosem Staunen kam es wie es kommen musste: Die österreichische Kampfkartoffel setzte sich in Bewegung. Sie machte sich auf den Rückmarsch, wie seinerzeit Napoleons Armee heimkehrte von Moskau nach Paris. Aber im Gegensatz zum desolaten Zustand der französischen Armee war die Kampfkartoffel Österreichs ungeschwächt und angriffslustiger denn je. Sie walzte zurück, der eigenen aschfarbenen Spur folgend.

Was Adolf von Schönborn, der fieberhaft Fluchtpläne schmiedete, nicht bedacht hatte: Auf dem „Heimweg" stieß die Kartoffel auf keinerlei Widerstand. Alles war eingeebnet. Die Kampfkartoffel erschien deshalb rascher als erwartet am Institut. Auch Leopold und Franz-Xaver hatten dies nicht kalkuliert. So ist es nicht ihre Schuld, dass sie es nicht mehr schafften, etwas zur Rettung des „Kaisers" und des „Generals" zu unternehmen. Die beiden Verschwörer wurden Opfer ihres eigenen Größenwahns und ihrer Menschenverachtung. Die Kampfkartoffel, ohne jeden Sinn für Abstammung oder Familiengefühle dachte gar nicht daran, ihren „Geburtsort" zu verschonen. Zischend und rauchend verschwand alles, was dort je existiert hatte. Gebäude, Hühner und auch die beiden Missetäter Schönborn und Quittenhausen. Leopold konnte ein gewisses Schaudern nicht unterdrücken. Er war im Grund seiner strengen Polizistenseele eine Seele von Mensch. Außerdem hätte er den verrückten Adolf von Schönborn nur zu gerne vor Gericht erlebt. Aus vorbei. Das Schlimmste: Nach Schönborns Ende wusste niemand, wie man die Kampfkartoffeln stoppen könnte,

Denn nun – ausgelöst durch das von Schönborn in der Kaffeemaschine verborgene Relais - lautete der Marschbefehl: Auf nach Wien! Allen war irgendwie klar: Wenn man die Zeichen richtig deutete, gab es für die Kampfkartoffeln nur ein Ziel: Wien! Und noch etwas wurde zur grausigen Gewissheit: Nicht nur Wien, nein, Österreich, das Abendland, und vielleicht die ganze Welt waren vom Untergang bedroht. Denn man musste davon ausgehen, dass die österreichische Kampfkartoffel nach der Zerstörung Wiens weiter vorrücken würde. Im schlimmsten Fall einmal um den ganzen Globus! Eine beispiellose

Panik brach aus. Wer konnte und noch freie Straßen vorfand, floh. Die ersten Geschäfte wurden geplündert um mit Notvorräten das Überleben irgendwie zu sichern. Der Erzbischof ordnete an, alle Kirchenglocken im Land zu läuten. Es half nichts. Bittgesänge und Choräle von Kärnten bis Tirol. Es half nichts. Der Grüne Tod (so das Erste Programm von ORF) rauschte unbeeindruckt von dem, was Menschen hofften, vorwärts. Richtung Wien.

Den Kanzler hielt es nicht mehr auf seinem Stuhl. Er sprang auf:

„Um Gotteswillen! Ich muss sofort nach Wien. Einen Krisenstab einberufen und gegen diese Pestilenz kämpfen."

Hannelore versuchte, ihn zur Vernunft zu bringen. Was er denn tun wolle? Vielleicht die grüne Hölle durch Kartoffelkäfer eindämmen? Auf keinen Fall werde sie zulassen, dass ihr Mann sich sinnlos opfere. Jetzt könne man wirklich nur noch auf ein Wunder hoffen. Am besten, man bete. Die „Linde" hallte wider von lautem Schreien, Durcheinanderreden, Nachhaken, Erklären, Gestikulieren, Einwendungen und Verbesserungsvorschlägen.

Mitten in dem verbalen Tollhaus saß auffallend still Hermine. Eben hatte sie den letzten Marillenknödel verspeist. Allerdings war ihr angesichts der ungeheuerlichen Berichte der Appetit etwas vergangen. Ziemlich geistesabwesend kramte sie in ihrem Schwammerlkorb. Schade, die schönen Pilze waren alle vertrocknet. Das mit Josephine Kandler geplante Schwammerlessen fiel also aus. Während sie weiter gedankenverloren im Korb herumnestelte, stieß sie plötzlich auf etwas Festeres. Sie blickte erstaunt hin. Es war der kleine Kastanien-Bonsai, den sie von Adelgunde erhalten hatte. Es ging ihr gerade durch den Kopf, dass von diesem Minibaum wohl kaum eine Gefahr ausging, als der heilige Michael in ihrem Kopf alle verfügbaren Glocken läuten ließ. Bonsai, Adelgunde, das Gewächshaus, die Tinkturen. Und dann dämmerte es ihr: Die „misslungene" Tinktur Nimmer 23 e, deren Entstehung einer Fehleinwaage zu verdanken war, könnte die Rettung sein. Tinktur Nummer 23 e hatte, wie erinnerlich, die Pflanzen nicht nur schrumpfen lassen, sondern sie darüber hinaus auch im Nu zerstört. Sie teilte ihre Gedanken Leopold mit. Dem war sofort klar, dass es mit dieser Tinktur eine reale, besser gesagt, wahrscheinlich die einzige Chance gab, Wien zu retten.

Mit Vollgas fuhr er mit Hermine in die Albert-Schweitzer-Straße 89 und hoffte inständig, dass die blonde Göttin zuhause sei. Die war daheim, gottlob. Leopold erläuterte die Situation. Adelgunde, die im Fernsehen die niederschmetternden Nachrichten gesehen hatte, begriff sofort. Dann fiel sie Leopold um den Hals. Es war nicht Dankbarkeit oder

Erleichterung oder Angst, die sie dazu brachten. Es war lang unterdrückte Zuneigung. Beide küssten sich, bis Hermine sich hörbar räusperte.

„Erst wird Wien gerettet, danach könnt ihr dort heiraten", schlug sie lächelnd vor. Adelgunde und Leopold kapitulierten vor Hermines sonnigem Pragmatismus. Jetzt war die Stunde, Wien vor der Grünen Pest zu bewahren.

Adelgunde rief in der Apotheke „Zum Goldenen Huhn" an. Glücklicherweise hatte Dr. Abendtau genügend Rohstoffe vorrätig. Und er erklärte sich bereit, „das ganze Zeugs" anzuliefern.

Leopold beorderte inzwischen Kanzler, Kanzlergattin, Innenminister, Abwehrchef, Franz-Xaver und Krainauer von der „Linde" in die Albert-Schweitzer-Straße 89. Alle wurden dort in die Wirkungsweise der Bonsai Tinktur Nr. 23 e eingeweiht. Als kurz darauf der Apotheker die notwendigen Rohstoffe brachte, konnten sich alle ans Werk machen. Die Aufgabe war nicht einfach aber machbar: Unter der Anleitung von Adelgunde mussten dreihundert Liter Anti-Kartoffel-Tinktur hergestellt werden. Fieberhaft arbeiteten alle die ganze Nacht durch. Sie durften keine Zeit verlieren, denn nach den Berechnungen von Franz-Xaver Wondracek würde die Kampfkartoffel das Wiener Zentrum um neun Uhr erreichen.

Der 4. Tag

26.   08:45 Uhr

Rettung von ganz oben.

Das bunt zusammengewürfelte Pharmaherstellungsteam, angeleitet und beaufsichtigt von Adelgunde, hatte ganze Arbeit geleistet.

Punkt 8 Uhr waren dreihundert Liter der hoffentlich wundertätigen Bonsai-Tinktur Nr. 23 e in Zehnliter-Kanister abgefüllt. Schon knatterten die von Knut Papenbeck in der Zwischenzeit angeforderten Hubschrauber heran. Diese wurden normalerweise bei Waldbränden eingesetzt, verfügten also über die erforderlichen Tanks nebst Sprühvorrichtung. Der Innenminister entfaltete im Beisein des Kanzlers eine erstaunliche Regsamkeit. Er wies die Helikopter persönlich ein, was immerhin auch in seinen politischen Verantwortungsbereich fiel: Landeplatz zwischen Gewächshaus und Schwimmbecken. Rasch wurden die Kanister an Bord getragen und die Tinktur in die Tanks geschüttet. Dann gingen alle an Bord. Die Hubschrauber hoben ab. Die Piloten mussten sich gar nicht lange mit Navigation beschäftigen. Die schwarze Spur, welche die Kampfkartoffeln auf dem Weg nach Wien hinterlassen hatte, wies ihnen den Weg. Die verheerenden Schäden sowohl in den Vororten als auch den inneren Bezirken der Hauptstadt waren unübersehbar und nicht nur dem Kanzler und seiner Frau Hannelore blutete das Herz. Selbst der hartgesottene Abwehrchef konnte seine Tränen nicht zurückhalten. Dankbar benutzte er das von Hermine hingehaltene Taschentuch.

Schon konnten die Passagiere die sogenannte Grüne Pest sehen. Infernalisch und gewalttätig rauschte sie dahin, direkt auf den Stephans-Dom zu. Es war herzergreifend, zu sehen, dass sich der Erzbischof von Wien, mutterseelenallein auf den Stufen des Doms stehend und ein schweres Kreuz haltend, dem Verderben mutig entgegengestellte. Inbrünstig betend vertraute er auf den Beistand Gottes und hilfreicher Engel.

Diese schwebten tatsächlich vom Himmel herab. In der Gestalt von Hubschraubern. Leopold und Adelgunde unterbrachen ihr Händchenhalten und betätigten gemeinsam den Sprühmechanismus. Der Pilot flog bravouröse Schleifen über den vermaledeiten Kartoffeln. Einmal, zweimal und ein drittes Mal. Aus den Hochdruckdüsen zischte Adelgundes Tinktur auf die Kampfkartoffeln herab. Und das von allen erhoffte Wunder geschah: Unter urzeitlichem

Donnergetöse kamen die Kampfkartoffeln, schon auf den untersten Stufen des Stephansdoms angelangt, zum Stehen. Es war der Moment, in dem die ganze Welt den Atem anhielt. Und dann, unmittelbar vor dem standhaft ausharrenden Erzbischof, begannen die Kampfkartoffeln schrumpfend zu welken um schließlich mit einem letzten Knall zu Nichts zu zerplatzen.

Die Helikopter landeten. Der Kanzler sprang als erster heraus. Ohne lange nachzudenken umarmte und herzte er den standhaften Kirchenmann.

„Ein Wunder, ein Wunder", rief er und lachte überglücklich.

„Ja, Gott hatte ein Einsehen mit uns Sündern", rief der Erzbischof.

Und Hermine sagte ergriffen „Amen".

Was später geschah:

- Genversuche wurden grundsätzlich verboten.
- Der Kanzler schied aus der Politik aus und züchtet seitdem in Vorarlberg Zwerghühner.

- Seine Frau Hannelore verließ ihn und betreibt einen Glücksspielsaloon in Las Vegas.

- J. Krainauer machte Karriere als Startenor und singt seitdem in Wien und Bayreuth.

- Leopold und Adelgunde heirateten. Ihre Blitzbonsai-AG ist der Wiener Börsenrenner.

- Hermine tritt als österreichische Miss Marple in Kriminalfilmen auf.

- F.X. Wondracek wurde Geheimrat und Chef der Cyber-Abwehr im Innenministerium.

- Und last not least: Die Schäden, welche die österreichische Kampfkartoffel verursacht hatte, sind alle behoben...